모든 것이 불안한 너에게

모든 것이 불안한 너에게

혼란스러운 20대에게 건네는 인생 조언

초 판 1쇄 2024년 11월 01일

지은이 최윤영, 우윤정, 배가령, 서명은, 진용기
펴낸이 류종렬

펴낸곳 미다스북스
본부장 임종익
편집장 이다경, 김가영
디자인 임인영, 윤가희
책임진행 이예나, 김요섭, 안채원, 김은진, 장민주

등록 2001년 3월 21일 제2001-000040호
주소 서울시 마포구 양화로 133 서교타워 711호
전화 02) 322-7802~3
팩스 02) 6007-1845
블로그 http://blog.naver.com/midasbooks
전자주소 midasbooks@hanmail.net
페이스북 https://www.facebook.com/midasbooks425
인스타그램 https://www.instagram.com/midasbooks

ISBN 979-11-6910-888-1 03810

값 18,500원

미다스북스는 다음세대에게 필요한 지혜와 교양을 생각합니다.

모든 것이 불안한 너에게

혼란스러운 20대에게 건네는 인생 조언

기획
우희경

지음
최윤영
우윤정
배가령
서명은
진용기

미다스북스

첫 번째 수업

사람을 통해
진짜 인생을 배우게 된단다

최쌤: 최윤영

"불안이라는 강을 건너가는 너에게."

20대를 떠올려 봅니다. 그때는 친구가 툭 던졌던 말 한마디에도 상처를 받았습니다. 첫사랑과의 이별을 받아들일 수 없어 몇 달을 울며불며 떠나간 사랑을 그리워하기도 했죠. 꿈을 좇기에는 돈이 없었고, 돈을 좇기에는 내 꿈에 미안하기도 했습니다. 어른들이 던지는 훈수는 듣기 싫었지만, 앞으로 어떻게 사는 것이 맞는지는 막막하던 때였습니다. 그렇습니다. 모든 것이 불안했습니다. 서툰 사랑이, 무겁지도 가볍지도 않은 나의 인간관계가. 무엇보다 아무리 노력해도 갈피를 잡지 못하는 미래가 답답하기만 했습니다.

시간이 한창 흘러, 바라본 20대. 시대가 변했다고 하지만, 그들의 모습에서 20년 전 우리 세대가 가졌던 불안을 봅니다. 20대는 왜 그렇게 불안할까요? 세상을 배우고 성장해야 하는 시기이기 때문입니다. 살다 보면 꼭 그 시간을 지나고 나서야 알게 되는 것이 있습니다. 그때는 몰랐지만, 그 시절의 아픔을 겪고 나서 보이게 된 세상. 그 세상을 지금의 청춘들에게 알려줌으로써, 힘내라는 응원의 메시지를 주고 싶다는 생각을 했습니다.

그 후, 불안한 20대의 강을 먼저 건너본 인생 선배들이 후배 세대에게 무엇을 줄 수 있을까 고민했습니다. 어른이 된다는 것은 내가 받은 것을 또다시 세상에 돌려줘야 하는 역할을 한다는 뜻이기도 하기 때문입니다. 그때를 떠올리며 책 한 권이 주었던 위로와 공감을 세상에 되돌려줘야겠다고 결심했습니다. 흔들리는 20대 때에 인생 선배들이 해주는 말 한마디가 방향성을 잡아주는 등대 역할을 해주었던 기억이 떠올랐기 때문이죠.

한 사람을 안다는 것은 그 사람이라는 우주를 만난다는 것입니다. 그만큼 한 사람을 이해한다는 것은 그 사람의 세계를 온전히 받아들인다는 의미이죠. 미국의 저널리스트이자 칼럼니스트인 데이비드 브룩스도 『사람을 안다는 것』에서 한 사람을 안다는 것은 "한 사람의 히스토리 안에 들어가는 것."이라고 말했습니다. 그 사람이 살아온 발자취를 알아간다는 것은 그의 역사에서 다양한 것들을 발견하며 배울 수 있다는 뜻입니다.

따라서 이 책은 공저로 기획하여 여러 인생 선배들의 세계관을 들려주고자 했습니다. 공저자분들의 지혜를 한자리에 모아, 이 책을 읽는 독자분이 고민하는 문제에 대해 다양한 관점을 알려주기 위해서입니다. 공저자 모두 불안한 20대를 지나며 알게 된 인생의 지혜를 아낌없이 풀었습니다.

아프니까 청춘이지만, 이 책을 펼치는 독자분은 조금 덜 아프며 세상을 살아갔으면 합니다. 20대의 불안은 더 찬란한 미래를 위해 거쳐 가야 하는 하나의 통과의례 같은 거라고 여길 수 있으면 좋겠습니다. 그때의 흔들림을 사랑하며 지금 가고자 하는 길을 묵묵히 걸어가면 됩니다. 저를 비롯한 이 책을 쓴 다섯 명의 인생 선배가 그런 응원을 해주고 싶습니다.

빛나는 줄도 모르고 빛나는 그대들의 젊음과 열정을 열렬히 응원합니다!
지금 불안의 강을 건너면 더 찬란한 미래가 기다리고 있으니, 조금만 더 힘낼게요!

기획자, 우희경

사람을 통해
진짜 인생을 배우게 된단다

최쌤: 최윤영

1.
좋은 친구는
하늘에서 툭 떨어지지 않는단다

혹시 너희들은 자랑하고 싶은 좋은 친구가 곁에 있니? 가족의 범위를 넘어 깊이 신뢰하고 교감하며 든든한 정서적 지원군이 되어주는 그런 친구 말이야. 그런 친구들이 곁에 있다면 인생의 큰 행복을 누리고 있는 거란다. 혹시 아직 만나기 전이라도 조급해하거나 서두르지 말렴. 내가 먼저 그런 사람이 될 수 있는 준비를 하면 되는 거야. 내가 준 사랑과 애정만큼, 너도 반드시 그에 걸맞은 친구를 만날 수 있을 테니까.

우리는 혼자서 살아갈 수 없어. 사회라는 테두리 안에서 많은 이들과 상호작용을 하며 살아가야 한다는 것은 잘 알 거야. 타인과의 상호작용을 통해 애정과 친밀감을 나누고, 다양한 관계를 통해 자신을 더욱 잘 이해하게 되는 거란다. 그리고 친밀감을 나누는 경험이 쌓일수록 우리는 점점 더 나은 자신을 발견하게 될 거야.

선생님의 20대 시절에는 인간관계가 인플루언서의 팔로워처럼 급격히 많아졌어. 친구와 직장 동료, 다양한 사회 활동과 종교 생활에서 만난 사람들, 그리고 나에게 호감뿐만 아니라 거리감을 느낀 사람들까지, 관계가 제법 늘어났지. 인맥이 늘어나면 친화력과 사교성을 증명해주는 것 같지만 오히려 진정한 교감과 신뢰는 부족했어. 폭넓은 인간관계를 자랑하고 싶었던 마음이 있었던 것 같아. 매슬로우의 욕구 5단계 중 3단계인 '애정과 소속의 욕구'가 왕성하게 작용하던 시기였으니까. 그리고 시간이 지나며 넓고 화려했던 인간관계의 대부분이 현재는 소원해졌어. 많은 사람 중 일부는 단순히 한때 알고 지내던 사이로 남아 있단다. 선생님이 하고 싶은 말은, 많은 사람을 만났다고 해서 좋은 친구와의 만남이 저절로 이루어지는 건 아니라는 거야. 좋은 친구는 하늘에서 툭 떨어지지 않는단다. 많은 만남이 이루어지는 인생의 여정에서, 타인과의 동행을 통해 교감하고 신뢰를 나누게 될 때. 경험한 것을 아낌없이 내어주고 있는 그대로를 존중할 때. 아름다움이 공존하는 사이를 발견하게 될 때 서로가 만나게 되는 거란다. 너희들에게는 '쿵' 하면 '짝', '아' 하면 '어'라고 응답해 주는 친구가 있니? 나이와 성별과는 무관하게 마음이 잘 맞는 친구는 특정 연령층에 한정되지 않더라. 선생님에게는 바로 이런 관계가 있어.

필이 통한 그녀는 선생님 나이의 두 배.

선생님은 나이 차이가 제법 나는 두 명의 귀한 친구를 만났어. 한 분은 기품 있는 사고와 태도를 지니신 50대 중년의 여성이고, 또 한 분은 내면과 외면을 삶의 지혜로 무장한 멋쟁이 80대 할머니시지. 우린 어쩌다 보니 그렇게 친구가 되었고 그분들은 선생님의 결핍을 다정함과 사랑으로 채워준 고마운 분이란다.

첫 번째 분은 선생님이 자신감이 없어 목표가 흔들리는 시기, 확고한 믿음과 신념을 전해주신 분이야. 1년 365일간 거의 매일 빠짐없이, 우리는 성경을 통독하고 말씀을 나누었단다. 그 시간은 서로에게 일상을 살아내는 용기와 따뜻한 열정을 전해주는 계기가 되었어. 각자의 일상 패턴은 달랐지만, 1년 동안 자신의 일상 일부를 꼬박 내어주며 서로에게 힘을 전해준 시간이었지. 결국 선생님은 원하는 결실을 이루었고, 성공을 맛보게 되었어. 이 경험을 통해 누군가가 끊임없이 전해주는 진심 어린 희망이 얼마나 빛나는지 깊이 느끼게 됐어. 그리고 나도 누군가에게 그렇게 무한한 애정과 믿음을 전하는 사람이 되리라 마음먹었단다.

다른 한 분은 선생님이 인간관계로 크게 상처를 받아 힘들어할 때, 진정한 친구가 되어주신 분이야. 자신의 아픈 경험을 먼저 나누며 깊은 공감으로 나를 이해해주셨어. 이분은 기성세대가 전하는 단순한 '라떼' 이야기와는 달리, 재치 있는 언변과 꾸준한 독서, 글쓰기를 통해 지혜를 쌓아온 80대 할머니시란다. 또 멋스럽고 세련된 패션 감각까지 지니고 계시지. 이분과 우연히 동행하게 된 날, 선생님은 진심 어린 공감으로 위로를 받았어. 그녀의 젊은 시절 용기 있는 경험담 덕분에, 선생님은 깊은 상처를 치유할 수 있었고 내가 지닌 진심과 선의까지 충분히 이해해 주셨지. 그녀 또한 선생님이 전해드리는 애정과 신뢰, 존중 속에서 큰 행복을 느끼셨단다. 서로가 뜨거운 기쁨으로 충만해진 날이었어. 그분의 말에 따르면, '우리가 서로 필이 통했다.'라고 표현하시더구나. 그분의 겸손하면서도 건강한 활력은 일상에 소중한 울림을 전해주었고 선생님의 마음을 따뜻하게 채워주었단다. 우리는 지금도 변함없이 서로의 안부를 챙기며 지내고 있어. 너희도 이런 만남과 경험을 느껴보면 좋겠구나. 진심으로.

   너희들에게 우정과 인간관계에 관한 이야기를 전한다고 해서, 선생님이 인간관계에 어려움이 없는 건 아니야. 나 역시 경험을 통해 배우고 성장하고 있어. 그리고 사람들과의 관계에서 오해와 갈등, 어색함도 종종 생기곤 해. 나이가 들수록 관계 맺기는 더 어렵다는 이야기 들어봤을까? 각자의 사고방식과 성향이 뚜렷해지며 오히려 10대나 20대보다 관계 형성이 더 힘들어질 때가 있단다. 필요한 인맥보다 소중한 관계를 유지하는 것이 더 중요하다는 것을 느끼는 순간이 오기도 해. 또 새로운 관계를 맺고자 하는 욕구가 줄어들기도 하지. 20대의 선생님은 불편한 일이 생기면 속상한 감정과 상처를 표현하기에 급급했어. 시간이 흐르고 나서야 좋은 사람을 만나고 내가 또 좋은 사람이 되기 위해서는 다음과 같은 자세가 필요하다는 걸 깨달았어. 첫째, 상대방을 섣불리 판단하기보다는 존중의 마음을 가지자. 다른 사람을 평가하거나 판단하지 않으려는 노력이 필요해. 의견이 다를 때 갈등이 생기더라도 저항보다 협력적인 관계를 맺고자 하는 의지가 필요하단다. 둘째, 상대방의 장점을 찾고자 노력하자. 나에게 아픈 상처를 준

악연일지라도 타산지석으로 삼아 배우려는 마음을 가져보렴. 적어도 같은 상황에 부닥쳤을 때, 경솔한 태도를 나는 예방할 수 있는 계기가 될 수 있으니까. 셋째, 지속적인 자기 성찰과 개선을 위한 노력을 하자. 예를 들어, 상대방과의 대화에서 자신의 말투나 태도가 불편함을 주었는지 돌아보는 것이 중요해. 만약 개선할 점이 있다면, 이를 변화시킬 수 있도록 실천해야 해. 상대방의 입장에서 생각하고 공감하려는 자세를 유지하며, 자신의 행동과 태도를 꾸준히 되돌아보는 것이 필요하단다. 소중한 관계를 잘 지켜나가기 위해 이러한 노력이 필수적이야.

우리는 좋은 사람을 만나고 동시에 좋은 사람이 되기 위한 노력과 행동을 실천할 때, 진정으로 필이 통하는 친구를 만나게 되는 거란다. 영혼을 나누는 멋진 소울메이트를 얻게 된다는 거야. 아직 젊은 너에게 소울메이트 같은 좋은 친구가 없더라도 조급해할 필요는 없어. 다양한 사람과 소통하며 그들이 가진 성향과 나와 다른 점을 통해 세상을 바라보는 새로운 관점과 시각을 얻어보렴. 좋은 친구들은 내 인생 여정에서 가장 필요한 시기에 나타날 거야. 함께 성장하고 서로를 지지하는 중요한 존재가 되어줄 거란다. 이제 건강한 인간관계를 위한 꾸준한 노력과 다짐으로 사람들을 만나보자. 서로를 알아가고 싶어 하는 친구가 너를 기다리고 있을 거야. 기대해도 좋단다.

2.

행복한 사람을
만나자

'친구는 닮아가고 끼리끼리 논다, 유유상종.'이라는 말, 자주 듣지? 어렸을 때 부모님과 어른들에게 듣던 말이 이제 선생님 입에서도 나오게 되었어. 너희들이 잘 알고 있듯이, 이 말의 의미는 바로 '친구를 보면 그 사람을 알 수 있다.'는 거야. 나와 가까운 사람, 닮고 싶을 만큼 좋아하는 사람이 있으면 외모뿐 아니라 그 사람의 분위기와 성격도 어느새 닮아가게 된다는 말이지. 말에만 힘이 있는 것이 아니라 우리의 시선에도 힘이 있다는 사실, 알고 있니? 오랜 친구나 연인, 가족들을 보렴. 서로의 취향과 성향이 비슷하고 가치관과 생각, 말투와 표현 방식까지도 서로 닮아가는 모습을 발견할 수 있어. 오랜 시간 함께 보낸 친구가 있다면 대화의 방식과 결도 비슷하다는 것을 느낄 수 있을 거야. 마치 거울 뉴런처럼. 서로의 행동과 감정에 반응하고 그것을 모방하게 된다는 의미란다.

선생님의 친구 이야기를 하나 해줄게. 가족을 따라 외국에서 잠시 살고 있는 친구가 있어. 우연히, 친구의 친척 동생을 만나 대화를 나눈 적이 있거든. 대화 중 선생님의 말투와 억양, 분위기가 언니와 너무 비슷하다고 하더라. 외국에 있지만 이 자리에 함께 있는 것 같다고 했지. 그 친구는 선생님보다 훨씬 밝고 활기차며 긍정적인 에너지를 가졌단다. 불합리하고 부당하다고 여겨지는 상황에서도 자신의 의사를 당당하고 분명하게 표현할 수 있고 말이야. 그런 부분을 선생님은 부러워했고, 갈등 상황에 있을 때 "지금, 그녀라면 이렇게 대처할 거야!"라고 떠오르게 해. 친구는 비록 멀리 있지만 가까이 있는 것처럼 느껴지지. 해외에서 그녀만의 건강한 매력을 발산하여 행복하게 보내고 있는 모습을 보면 저절로 기분 좋은 미소가 지어지곤 한단다. 그래서인가? 거의 30년 지기가 되어가는, 그녀와 닮았다는 말이 나를 기분 좋게 만들어줬어. 사람은 풍기는 에너지에 따라 사랑이 넘치는 사람과 함께 있을 때 마음이 편안해지고, 반대로 부정적인 사람과 있을 때는 불편함을 느끼게 되는 것 같아. 너희는 사람들에게 어떤 에너지를 주는 사람인지 생각해 본 적 있니?

선생님은 너희들이 행복한 사람을 친구로 만났으면 좋겠어. 가능하다면 행복한 사람을 만나자. 행복한 친구를 만나라고 해서 힘든 상황에 있는 사람을 외면하거나 멀리하라는 뜻이 아니야. 선생님도 긍정적이고 행복한 사람들만 의도적으로 만나는 것은 아니야. 누구나 고난을 겪고 세상에서 자신이 가장 불행하다고 느낄 때가 있거든. 선생님도 노력만큼 운이 따르지 않을 때가 있었고 불평과 불만을 토로한 적도 있어. 더군다나 선생님은 직업적으로 고민이 많고, 크고 작은 시련을 겪는 사람들을 자주 만나야 해. 행복한 사람만 만나는 것이 좋지만 현실적으로 그렇게 되기는 어려운 법이지. 인생은 항상 변수로 가득 차 있으니까. 대신 선생님은 마음의 힘, 즉 생각하는 힘을 믿어. 긍정적인 시각으로 고난 속에서도 희망을 찾아내고 따뜻한 열정을 품고 있는 사람을 친구로 삼으려고 해. 힘든 여건에서도 희망을 잃지 않고 선의와 긍지를 지닌 사람들과 교류해 보자. 그리고 나 역시도 누군가에게 그런 사람이 되어주기를 바란단다.

선생님이 만난 행복한 친구는 내가 준 것까지 잊게 만드는 유쾌함과 차분함, 그리고 평온함을 동시에 유지하는 사람이야. 그들은 주변에 긍정적인 에너지를 전하며 나를 더욱 편안하게 해주는 존재란다. 낯선 장소나 새로운 목적지를 찾을 때 내비게이션이 안정감을 주는 것처럼, 함께 있으면 편안함과 안정감을 선사하는 친구를 곁에 두렴. 이런 친구는 너에게 큰 힘이 될 것이고 인생의 여정을 더욱 풍요롭게 만들어줄 거야.

『행복은 전염된다』에서 하버드 의대의 니컬러스 크리스타키스(Nicholas Christakis) 교수와 캘리포니아대 제임스 파울러(James Fowler) 교수가 1971년부터 2003년까지 총 1만 2천여 명을 추적 조사해 '행복한 사람을 많이 알고 있는 사람은 자신도 행복해진다.'는 연구 결과를 발표했어. 그 내용을 너희에게도 전해줄게.

"행복한 이웃, 동료, 배우자, 부모나 형제와 함께하는 사람이 행복해질 확률이 그렇지 않은 사람보다 20% 이상 높다. 친구(1단계)가 행복한 경우 당사자가 행복할 확률은 15% 상승, 2단계 거리에 있는 사람(친구의 친구)에 대한 행복 확산 효과는 10%, 3단계 거리에 있는 사람(친구의 친구의 친구)에 대한 행복 확산 효과는 6%였다. 삶이 즐겁고 행복한 친구가 반경 1.6㎞ 안에 있으면 내가 행복감을 느낄 확률은 25% 높아진다." 이 연구 결과는 행복 바이러스를 완벽하게 증명한 셈이지.

안타까운 점은 불행도 전염된다는 사실이야. 부정적인 정서의 전염력이 몇 배나 더 강해서 삶이 우울하고 힘든 사람을 주위에 두면, 자신의 인생 역시 불행하고 암울하게 될 확률은 훨씬 높아지게 된다는 거야.

나를 행복으로 전염시켜 줄 친구를 만나려면 어떻게 해야 할까? 이 세상에 당연한 것은 없어. 먼저 너희 스스로가 그런 사람이 되어보는 거야. 오해보다는 이해, 비난보다는 격려를 먼저 건넬 수 있는 사람이 되자. 밝고 건강한 기운으로 나를 먼저 채워야 해. 주변에 아직 그런 사람이 없다면, 좋은 책을 읽고 밝은 영감을 주는 멘토와 모임을 찾아보렴. 의지가 있다면 온라인과 오프라인에서 얼마든지 좋은 사람들을 만날 수 있을 거야. 너의 긴 여정에 순풍을 더해 방향을 틀 수 있는 용기를 불어넣어 줄 거란다.

오래전 선생님이 임용 고시에 합격해 꿈을 이루었을 때, 축하의 말보다 아쉬운 말을 한 친구가 있었어. "와, 그 과목은 합격하기 쉬운가 봐. 내가 준비하는 교과는 수년간 준비해도 경쟁률이 높아 몇 번 떨어지곤 해. 1~2번 만에 합격하는 걸 보니, 난 학과를 잘못 선택한 것 같아. 이런 걸 보면 임용 고시는 결국 줄 서기 나름이야." 그 말을 듣고 공부하며 힘든 날을 보내는 과정보다 결과에 대해 먼저 평가했다는 생각이 들더구나.

반면, 다른 친구는 "네가 얼마나 노력하고 애썼을까? 얼마나 힘들었을지 정말 잘 알아. 합격 소식을 들려줘서 너무 기쁘고 자랑스러워. 합격 축하턱은 우리가 살게."라며 진심으로 기뻐해 줬어. 돌아보면, 첫 번째 친구는 힘들고 어려울 때 고민을 나누어주었지만 정작 좋은 일이 생길 때, 축하보다는 사실 여부를 확인하고 질문하기가 먼저였던 것 같아. 고마웠지만 그 마음이 불편하기도 했지. 공감이란 명목으로 나의 불행을 함께 한탄하는 것은 진정한 관계가 아니야. 진정한 관계는 그 안에서 희망을 찾아주고 나의 기쁨을 진심으로 축하해주며 감동과 여운을 나누는 사람이란다.

너희 마음에 미움과 원망이 가득하다면 그 감정이 전달될 것이고, 사랑이 가득하다면 기쁨과 행복을 나눌 수 있을 거야. 선생님은 사람들을 만나며 스스로에게 외치곤 해. 뭐냐고? '내가 좀 더 사랑할 수 있을 것 같아!' 나의 꿈과 희망, 열정, 긍정적인 에너지로 행복한 사람으로 변신하겠다는 다짐을 해. 오늘 만나게 될 사람과 친구에게 나의 사랑과 행복을 전하러 가자고 생각하면 내 마음이 그렇게 행복할 수가 없더라. 지나고 보니, 내 마음을 행복으로 채우는 것이 먼저라는 걸 깨달았어. 그러면 어느 순간, 너의 곁에 행복한 친구가 함께하는 모습을 발견하게 될 거야.

3.
나를 싫어하는 사람을
만나게 될 때

"당신은 사랑받기 위해 태어난 사람, 당신의 삶 속에서 그 사랑받고 있지요."라는 노래 문구, 들어본 적 있지? 이 가사는 많은 가수가 리메이크하여 유명해진 CCM 생활 복음성가 〈당신은 사랑받기 위해 태어난 사람〉의 한 소절이야. 이처럼 우리가 모두 사랑받고 원만한 관계를 통해 행복하게 지낼 수 있다면 얼마나 좋을까? 하지만 현실은 그렇지 않아. 피하고 싶어도 나를 싫어하는 사람을 만나게 되고 갈등이 생기면 상처를 받게 되지. 때로는 그 상처가 몇 년이 지나도 여전히 큰 아픔으로 남아, 우연히라도 마주치지 않기를 바라는 사람도 생기게 마련이야. 모든 사람에게 사랑받는 건 현실적으로 어렵고 항상 친절하고 좋은 사람이 되기도 힘들어. 선생님도 많은 사람에게 사랑받고 좋은 사람이 되고 싶었지. 지금도 최대한 상냥한 사람이 되려고 노력하고 있어. 하지만 20대에는 선생님의 당당함이 때때로 당돌함으로 비치고, 자신감이 거만함으로 보인 날들이 분명히 있었을 거야. 그래서 갈등이 생기고 불편한 관계도 경험하게 되었지. 결국 선생님을 싫어하는 사람과 마주하는 일도 생기더라고. 대체로 우리는 나를 싫어하는 사람을 만나면 침착하기보다는 흥분하고, 이해하기보다는 비난하며, 차분하고 현명한 대응보다는 감정적으로 반응하기 쉬워.

  아주 오래전, 선생님이 대학원에서 상담을 배우기 시작했을 때 있었던 일이야. 내담자 경험을 위해 집단 상담에 참여했는데, 한 집단원이 '직면'이라는 상담 기법을 통해 선생님의 밝고 상냥한 태도가 불편하고 가식적으로 보인다고 한 거야. "뭐가 그렇게 즐겁고 좋아 모든 사람과 친하게 지내며, 인사를 나누고 잘 지내는지 참 이상해요."라고. 선생님은 그 말을 듣고 충격을 받았어. 특히 낯선 사람이 한 말이어서, 더욱 큰 고통을 느꼈지. 게다가 집단 상담의 역동을 학습하기 위해 지켜보는 수십 명의 관찰자가 같은 장소에 있었거든. 모두들 숨죽이고 두 사람을 지켜보느라 긴장감이 극에 달했어. 결국 그 순간은 시간이 지나도 여전히 생생하게 기억에 남아 있더라. 선생님은 감정적으로 흥분해 상대방의 불만스러운 표정과 말투에 대해 불쾌함을 표현했어. 평정심을 잃어 집단 상담을 계속하기 어려운 상황이 되었단다. 그해 여름은 충격과 서러움으로 힘든 시간을 보냈고, 이후 서로 불편한 관계가 되어 졸업할 때까지 눈을 마주치는 일도 없었지. 한동안 새로운 장소나 낯선 사람들과의 모임에 대한 두려움이 생겼어. 잘 모르는 사람들에게 받는 편견과 판단이 두려워 피하고 싶었던 거야.

  많은 시간이 흐른 후 상대방이 왜 그랬는지, 선생님이 왜 그렇게 동요하고 힘들어했는지를 돌아보게 되었어. 각자의 서로 다른 성장 배경과 경험이 그런 모습으로 이끌었다는 사실을 이해하게 되더구나. 그 집단원은 학창 시절, 대인 관계의 미숙함에 대해 집단 상담 중 짧게 자기 노출을 했어. 혼자 있는 것에 익숙하고 편안함을 느끼면서도 외로움을 느낀다고 언급했지. "혼자 살아요. 외로울 때도 있지만 혼자 있는 것이 편해요."라고 말한 기억이 나. 선생님의 관점에서 그를 떠올리면 주로 혼자 있거나 강의 중에 엎드려 있는 모습, 무채색이나 어두운 색의 옷을 자주 입던 모습이 떠올라. 사람들과 웃는 모습을 본 기억도 거의 없더라. 혼자 있는 것이 익숙한 그에게 선생님의 친화력은 과장되고 어색하게 느껴졌을 거야. 그런 점에서 그가 선생님에게 불편함을 느낀 것도 충분히 이해할 수 있게 되었어.

반면, 선생님은 다둥이 가정의 막내로 자라면서 가족의 관심과 지지에 익숙했어. 그래서 다른 곳에서도 자연스럽게 관심을 받고 싶었을 거야. 사람들에게 밝게 인사하고 분위기를 좋게 만들며 다정한 사람으로 인정받고 싶다는 마음이 컸겠지. 하지만 무례하거나 예의 없는 사람들을 만나면 예민해져 가끔 날카로운 말을 하곤 했어. 애정에 대한 욕구가 너무 강했기 때문일까? 서로의 결핍을 채우려다 보니 날카로운 말로 상처를 주었던 것 같아. 지금도 직장에서 인사를 성의 없이 하거나 상대에 따라 다르게 대하는 사람들을 보면 여전히 불편함을 느껴. 하지만 예전처럼 감정적으로 반응하지는 않아. 무례함에 감정적으로 대응하기보다는 정중하게 대하려는 신념이 생겼기 때문이야. 갈등이 생기면 타인의 삶을 내 경험으로 판단하기보다는 내가 모르는 것이 많다는 것을 인정하려고 해. 내 경험의 한계를 받아들이고 상대의 결핍까지 수용하며 이해하려고 노력한단다.

만약 너희가 살면서 나를 싫어하는 사람을 만나게 될 때, 그 사람의 감정은 그냥 스쳐 지나가게 두면 돼. 그 사람이 이유 없이 나를 싫어한다고 해도 그 감정에 너희들이 소모되지 않으면 좋겠어. 그 사람의 감정을 억지로 바꾸려고 애쓰는 것보다 그 감정이 존재한다는 사실을 받아들이는 게 더 나을 거야. 또 너희를 화나게 하는 사람이 있다면, 그 사람의 감정을 마음속에서 멀리 보내고 '당신은 내 마음에 들어올 자격이 없어.'라고 자신에게 말해볼래? 상대방을 계속 미워하거나 생각하게 되면 그 사람보다 너희의 마음이 더 상처를 입게 될 거야. 지나고 보니, 세상에서 가장 아까운 시간은 남을 미워하며 보낸 시간이었어. 갈등이나 다툼이 생길 때는 항상 부끄럽지 않은 상태를 유지해야 한단다. 예를 들어, 직장에서 동료와 의견이 다를 때 감정적으로 대응하며 비난하는 대신 차분하게 존중하는 태도로 대화를 시도해 보면 어떨까? 물론 쉽지는 않겠지만, 다른 사람을 모욕하거나 창피를 주면 갈등이 해결되지 않을 뿐만 아니라 너희의 품위가 오히려 떨어지게 만들지. 어떤 상황에서도 자신의 행동에 대해 부끄러움을 느끼지 않도록 하자. 친구와의 논쟁 역시 마찬가지야. 비난과 조롱 대신 문제를 해결하려는 노력을 기울이는 것이 필요하단다. 상대방을 존중하며 상황을 현명하게 처리함으로써 자신의 품위를 스스로 지켜갈 수 있는 거란다.

선생님의 20대를 떠올리면, 좋은 관계를 맺기 위해 끊임없이 노력했던 모습이 대견하고 흐뭇하게 느껴져. 때로는 애잔하게 느껴지기도 하지만, 그 시절의 당당함과 쾌활함은 질투가 날 만큼 사랑스럽고 매력적이었어.

지금 너희 모습도 마찬가지야. 이 책을 읽으며 지혜를 찾으려는 모습이 기특하고 그 자체로 눈부시게 빛나고 있는걸. 관계를 회복하기 위해 애쓰고, 일상에서 나의 부족함을 인정하며 따뜻한 사람이 되고자 하는 모습에 큰 응원을 보낼게. 정말 많이 응원해. 너희의 진심 어린 노력에 박수를 보내며, 더욱 당당하고 멋진 모습으로 나아가길 바란다.

---

* **직면**: 중기의 고급 상담 기법. 내담자가 모르고 있거나 인정하기를 거부하는 생각과 느낌에 주목하도록 함. 단 상담자의 분노와 저항, 불편감 등을 드러내는 수단과 목적으로 계획 없이 직면하는 것은 피해야 한다.

4.
지나가는 인연을
현명하게 다루는 법

자연의 섭리에 따라 사계절이 변화하듯 우리의 관계도 계절처럼 끊임없이 변화하고 있어. 부모와 자녀, 부부, 형제자매, 연인, 친구, 이웃, 직장 동료 등 다양한 관계가 있잖아. 가족을 제외한 많은 관계는 시간이 지나면서 계속 유지되기도 하고, 자연스럽게 사라지기도 해. 특히 현대사회에서는 SNS와 디지털 플랫폼이 관계를 빠르게 변화시키고 새로운 형태의 인간관계를 만들어 내고 있어. SNS는 한편으로는 쉽게 연결할 기회를 제공하지만, 다른 한편으로는 관계의 진정성과 깊이를 위협할 수도 있어. 그렇다면 모든 관계를 원만하게 유지하는 게 항상 맞는 걸까? 너희는 어떻게 생각해? 선생님의 20대에 다양한 관계가 점차 확장되면서 자부심을 느꼈던 경험에 대해 이야기했었지? 당시의 넓고 화려했던 인간관계는 시간이 흐르며 대부분 연락이 끊기고 몇몇 소중한 사람들과만 깊은 친밀함을 유지하게 되었다고 했잖아. 마음이 잘 통해 '인연'이라고 여기게 된 사람도 있었지만, 어떤 계기나 상황에 따라 작은 오해가 쌓여 의도치 않게 멀어지기도 했지. 이런 일들은 우리가 원하는 만큼 관계를 유지하기 어려운 현실을 여실히 보여줘. 그렇다면 지금 많은 관계를 유지하지 못한 선생님은 실수를 한 걸까? 선생님은 인간관계에 대해 많이 고민해 왔고 그 과정에서 얻은 통찰을 바탕으로 현재의 이야기를 들려줄게. 지나가는 인연을 현명하게 다루는 법까지. 우리가 나누는 지금의 이야기가 너에게도 많은 도움이 되기를 진심으로 바라고 있어.

먼저, 인연이란 무엇일까? 인연을 이어간다는 것은 어떤 의미일까? 사전적 의미를 살펴보면, 인연(因緣)은 사람들 사이에 맺어지는 관계를 의미해. 불교에서는 '인'과 '연'을 함께 사용하는데 여기서 '인'은 결과를 만드는 직접적인 힘을, '연'은 그 결과를 돕는 외적이고 간접적인 힘을 뜻해. 다시 말해, 불교에서는 인연이란 원인이 되는 조건이 갖춰졌을 때 생겨나는 결과라고 볼 수 있어. 석가모니는 '모든 것은 인과 연이 합쳐지면 생겨나고, 인과 연이 흩어지면 사라진다.'라고 했어. 결국, 인연은 적절한 시기에 자연의 섭리에 따라 시작되고 끝난다는 뜻을 담고 있어. 인연을 이어간다는 것은 서로의 삶에 깊은 영향을 미치며 각자의 방향을 결정짓는 데 도움을 줘. 선생님도 많은 인연과 관계를 통해 자신을 더 잘 알게 되고 내면이 더욱 단단해졌어. 사람들과의 연결을 통해 새로운 자신을 발견하게 되었지. 불완전한 나를 특별하고 완전한 사람으로 성장하게 해주는 것이 바로 인연이었으니까.

선생님이 상담 교사가 된 것은 유년기와 청년기 동안 다양한 관계의 영향을 받았기 때문이야. 많은 사람과의 만남과 헤어짐을 통해 상담가로서 필요한 자질과 능력을 발견하게 되었거든. 이 과정에서 '자기 신뢰'를 배우게 되었고, 나의 가능성을 믿게 되었어. 이제 한 가지 이야기를 들려줄게. 비록 짧은 인연이었지만, 선생님에게 긍정적인 전환점이 되었던 경험이야. 학창 시절, 선생님은 성적이 뛰어난 우수생이 아니었어. 오히려 열정은 넘치지만 방법을 몰라서 애를 먹던 학생이었지. 그런 상황에서, 영어 시간에는 긴장감이 감돌았는데 영어 선생님이 유독 무섭고 깐깐하게 가르치셨기 때문이야.

  어느 날, 영어 선생님이 내주신 단어를 외우지 못해 재시험을 보게 되었어. 재시험에서 떨어지면, 체벌을 받을까 봐 두려워서 평소보다 열심히 필사적으로 단어를 외웠단다. 그 결과, 다행히도 만점을 받아 통과할 수 있었어. '어머, 나도 만점을 받을 수 있구나.'라는 생각이 드는 순간, 선생님이 나를 부르며 말씀하셨어. "윤영이는 평소에 의욕이 있어서 마음먹으면 잘할 수 있는데, 왜 통과를 못 했지? 지금처럼 공부하면 충분히 잘할 수 있어. 다음에는 재시험을 치르지 않도록 하자." 그분은 우리 반 담임선생님도 아니었고, 나는 영어를 특별히 잘하거나 성적이 뛰어난 학생과는 거리가 먼 존재였어. 그럼에도 불구하고, 선생님이 평소와 다른 말투와 억양으로 나를 다정하게 부르시고 칭찬까지 해주시니, 마치 어둠 속에서 희망의 불꽃이 피어나는 듯한 기분이 들었어. 그 작은 격려는 영어 공부에 대한 긍정적인 경험을 남긴 것뿐만 아니라, 성장기를 지나 청년기에 이르기까지 새로운 도전에 나설 때마다 따뜻한 응원의 기억으로 남게 되었어. 이 경험은 단순한 학습의 기회를 넘어, 나 자신을 믿고 앞으로 나아갈 수 있는 용기를 심어주었지.

자, 재시험을 치렀던 여학생이 선생님이 되었으니, 이제 그 경험을 바탕으로 학생들에게 도움을 주어야겠지? 상담 선생님의 역할은 학생들에게 격려와 지원을 아끼지 않으며, 자신감을 가질 수 있도록 돕는 거야. 선생님이 만난 학생 중에는 교우 관계로 많이 고민하며, 친구들이 무심코 던진 말에 상처받아 눈물을 종종 흘리는 남학생이 있었거든. 어떤 사람들은 학생의 이런 성향을 단점으로 보기도 했지만, 선생님은 그 학생의 감수성과 예민함이 오히려 다른 친구들의 고민을 잘 이해하고 공감할 수 있는 힘이 될 것이라고 믿었어. 그래서 학생에게 상담 동아리 활동을 권장했지. 덕분에 그는 상담실 문턱을 자주 넘으며, 고민이 있는 친구들에게 유쾌한 유머와 이야기로 즐거움과 용기를 전해주더라. 그뿐만 아니라 다양한 프로그램에 스스로 적극적으로 참여하며 많은 성장을 이루었고.

시간이 흐르고 졸업식 날, 남학생은 선생님께 인사를 하러 왔어. 서로의 성장과 이별의 아쉬움에 눈물이 흐르는데 1년의 시간이 어찌나 빠른지. 학생의 부모님께는 "우정이(가명)를 우리 학교에서 교사로 만나게 되어 정말 좋았어요. 우정이가 친구들에게 자신감과 용기를 많이 주었죠. 덕분에 제 교직 생활도 더욱 보람되고 즐거웠습니다. 정말 감사합니다."라고 전했어.

그 자리에는 물론 학생도 함께 있었고 부모님께 감사 인사를 전할 때, 기뻐하시는 모습을 보면서 '어쩌면 내가 저분들보다 더 행복할 수도 있겠구나.'라는 생각이 드는 거야. 그 순간, 지나가는 인연이 주는 감동과 기쁨이 가득 차는 것을 느꼈어. 비록 내가 부모님이 만난 수많은 교사 중 한 명이지만, 짧은 만남 속에서 작은 인연들이 모여 서로의 가치와 존재감을 인정하게 될 때 서로의 삶이 더욱 깊고 풍요로워진다는 것을 경험하게 된 거야.

더불어 내가 상대방과의 관계를 마무리할 때, 지나가는 인연에도 예의를 갖추는 것이 중요해. 비난보다는 함께했던 좋은 시절을 기억하며, 최선의 예의를 다하는 것이 바람직하단다. 함께한 시간이 퇴색되지 않도록 아쉬움과 원망보다는 아름다운 기억으로 남겨두는 것이 좋겠어. 만약 우연히 다시 만날 때, 숨거나 회피하지 않고 따뜻한 마음으로 당당하게 인사할 수 있는 사람이 되도록 하자. 관계를 마무리할 때 최선의 예의를 갖추었다면 충분히 가능할 거야. 나의 빛나고 아름다운 시절을 함께해준 사람들. 함께 웃고 울며 기뻐하고 또 슬픔을 나눈 이들. 때로는 미워하고 오해하며 갈등을 겪는 순간들을 너희들도 앞으로 경험하게 될 거야. 선생님은 그들에게 들리지 않는 마음속의 기도와 응원을 종종 보낸단다. '어디에선가 잘 지내고 있기를, 행복한 날이 단 하루라도 더 많기를 바라며.' 마음속에서 뜨거운 안녕과 함께 진심을 나누었던 인연들에 감사함을 전하게 돼. 나의 한 시절을 함께한 그들과의 관계를 통해 배울 수 있었으니까. 그리고 그 덕분에 새로운 나를 발견했으니까.

시절 인연이라고 하지. 한 시절 마음이 잘 맞아 좋은 시간을 함께 나누었고, 이제는 서로가 달라졌으니 인연을 자연스럽게 흘려보내고 순리에 맡겨야 한다고. 결국 지나간 인연에 아쉬움을 느끼지 말고 현재 나와 관계를 맺고 있는 인연에 최선을 다해야 해. 내가 할 수 있는 배려와 친절, 선의를 베풀며 노력하자. 앞에서 언급한 '많은 관계를 현재 유지하지 못한 것이 실수일까?'라는 질문에 답변이 되었길 바란다. 그래서 지금은 이 책을 읽고 있는 너희와의 인연에 감사하며 최선을 다하고 싶구나.

5.
스크린 너머의
진짜 친구 찾기

 오늘 하루, 인스타그램, 페이스북, 트위터 등에서 친구들의 일상을 살펴 보았니? 혹은 너의 일상이 담긴 사진이나 글도 올렸니? 친구들의 게시물에 '좋아요'를 누르고 댓글로 응원했을까? 요즘은 스마트폰만 있으면 언제든지 친구와 소통할 수 있어서 정말 편리해. 오랫동안 만나지 못한 친구는 물론 멀리 있는 지인들과도 화면을 통해 교류하고 안부도 나눌 수 있어. 디지털 시대는 친구를 사귀는 방식을 크게 변화시켰지. 과거에는 학교나 직장, 동네에서 만나는 것이 주된 방법이었지만 이제는 스마트폰과 컴퓨터를 통해 소통할 기회가 무궁무진해졌어. 소셜 미디어 플랫폼, 온라인 게임, 커뮤니티 사이트 등은 사람들과의 만남을 더 쉽고 빠르게 만들어주고 댓글과 쪽지 기능으로 대화도 편리하게 나눌 수 있어.

 그런데 이런 온라인 연결이 실제로 우리 관계를 어떻게 변화시키는지 한번 생각해봐야 해. 단 하루도 메신저 대화가 오가지 않는 날이 없을 정도로, 하루에도 몇 번씩 열어보게 하는 메신저 속 친구들이 우리의 인생에 어떤 영향을 미치는지 말이야. 소셜 미디어에서의 관계가 실제로 어떻게 발전하며, 그 관계가 얼마나 진정한 것인지 함께 고민해 보았으면 해.

선생님에게도 온라인에서 만난 몇 명의 친구가 있어. 지금도 온라인을 통해 새롭게 알게 된 친구 및 지인들과 교류하며 많은 기회와 도움을 받고 있단다. 이러한 온라인 인연이 자연스러운 이유는 선생님도 소셜 미디어 초창기와 인터넷 채팅 붐을 경험했기 때문이야.

당시에는 인터넷 친구라는 개념이 생소하고 신기했어. 고등학교 야간자율학습 시간에, 각 학급에 한 대씩 있는 컴퓨터로 자율학습 감독 선생님의 눈을 피해 친구들과 인터넷 채팅을 즐기곤 했어. 이렇게 인터넷 채팅 중, 즉흥적으로 이루어지는 만남을 '번개팅'이라고 부르는데 그 과정에서 동년배 친구들과 학업, 친구 관계, 진로 등 10대들이 공통으로 느끼는 고민을 나누었어. 선생님과 비슷한 세대라면 인터넷 채팅에 관한 일화와 추억이 있을 거야.

대학생이 된 후에도 소셜 미디어와 카페를 통해 취미와 관심사를 공유하며 즐거운 모임을 가졌어. 실제로 20살 때, 해외 단기 어학연수를 가기 전에 포털 사이트의 커뮤니티에서 알게 된 친구를 같은 나라, 같은 지역에서 만나 행복한 추억을 만들기도 했지.

그리고 사회인이 된 후, 자유로운 미혼 시절을 만끽하며 여행 관련 온라인 커뮤니티에서 여행을 좋아하는 친구를 만난 적이 있어. 공항에서 어색한 첫 만남이 있었지만, 이후 서로의 여행 취향과 성향이 잘 맞아 16개국 이상의 유럽 여행을 함께 다녔거든. 오랜 시간 함께한 친한 친구라도 사소한 생활 방식이 맞지 않아 여행 중 갈등이 생길 수 있다고 하잖아. 하지만 선생님과 그 친구는 더할 나위 없는 여행 파트너였어. 사진 찍기를 좋아하고, 여행지에서 소소한 즐거움을 발견하는 데 서로가 잘 맞았던 거야. 여행을 다녀온 후에도 오랫동안 행복한 추억을 공유하며, 그 시기에 함께한 시간을 감사하고 특별하게 여겼단다.

이 외에도 선생님은 원하는 진로와 꿈을 이루기 위해 만나게 된 인연부터, 육아 중인 엄마들의 온라인 친구까지, 다양한 분들과 만나게 되고 소중한 인연을 나누게 되었어. 선생님의 경험을 바탕으로 전하고 싶은 건, 디지털 시대의 새로운 만남인 '스크린 너머의 진짜 친구 찾기'를 하자는 거야.

디지털 소통은 빠르고 간편하지만 한계가 있어. 온라인에서는 사람들이 자기 모습을 과장하거나 꾸미는 경우가 많고 상대방의 표정과 몸짓을 보지 못하니 감정을 제대로 이해하기 어려운 상황이 생길 수 있어. 이로 인해 오해가 생기거나 불편함이 생겨나기도 해. 심각한 경우, 디지털 소통에서 가짜 뉴스, 개인 정보 유출, 사이버 괴롭힘 등의 부정적인 측면을 경험할 수 있어. 이런 문제들은 디지털 환경에서 신뢰를 어렵게 만들어. 그래서일까? 어느 순간, 선생님도 SNS 플랫폼과 소셜 미디어에서 비공개 설정을 하게 되었어. 오프라인에서 신뢰를 쌓은 관계들만 소셜 미디어 친구로 허락하는 경우가 많아지더라. 그리고 '좋아요'와 댓글만으로 모든 것을 판단하기에는 부족할 때가 많아. 때때로 나도 모르게 개인 정보가 유출되거나 도용당해 곤란한 상황에 처하기도 해. 유명 연예인과 인플루언서도 실수로 잘못된 사진이나 게시글을 올리면 논란이 되는 위험 요소를 너희도 잘 알고 있을 거야. 디지털 소통은 유용하지만, 우리가 경계해야 할 한계와 위험 요소가 있다는 점을 명심해야 해.

디지털 만남에서 진정한 친구를 만나는 데 필요한 것은 신중함과 진정성이야. 서로 정보를 공유하기 전에 검토하고, 상대방의 상황과 감정을 고려하여 소통해야 해. 그리고 개인 정보 보호와 사생활 존중을 준수해야 한다는 것을 기억하자.

친구의 소셜 미디어 게시물에 댓글을 작성할 때도 진심이 담겨야 해. 단순히 '좋아요'를 누르는 것보다 게시물의 내용에 대해 구체적으로 표현하고 격려의 말을 건네는 것은 어떨까? 예를 들어, 멋진 장소에서 찍은 셀카를 올릴 때 "와, 정말 멋지다. 여행지에서 어떤 곳이 가장 기억에 남아?" 또는 "얼굴이 더 밝고 편안해 보인다. 정말 좋다!" 같은 댓글을 남긴다면, 훨씬 더 진정한 공감과 친근감을 표현할 수 있어.

또한, 친구가 힘든 시기를 겪고 있을 때 "힘내."라는 간단한 메시지 대신 "정말 힘들겠구나. 내가 도와줄 수 있는 게 있으면 언제든지 알려줘."라고 위로를 전한다면 디지털을 통해서도 더욱 신뢰하고 깊은 관계를 맺을 수 있을 거야. 사생활 존중도 빼놓을 수 없어. 다른 사람의 게시물을 공유할 때는 반드시 허락을 받아야 해. 이 부분은 선생님도 가끔 실수하는 일이지만, 친구가 자신의 사진을 올렸다고 해서 무분별하게 공유하면 사생활을 침해하는 거란다. 사진을 공유하기 전에 꼭 동의를 받는 것이 바람직해. 이런 태도는 디지털 소통에서 신뢰를 쌓고 건강한 관계를 유지하는 데 유익한 도움이 될 거야.

선생님이 디지털 소통과 관계 형성에 필요한 태도와 자세에 대해 이야기했어. 하지만 결국, 스크린 너머의 진짜 나의 친구를 찾기 위해서는 직접 만나 오프라인에서 시간을 보내야 진정한 인간관계를 형성할 수 있어. 선생님의 온라인 만남 중 진짜 친구를 발견하게 된 행운은 이런 오프라인 만남으로 이어졌을 때였어. 이 점을 꼭 전하고 싶어. 온라인 소통을 넘어 오프라인에서의 만남이 가장 이상적이었다는 사실이야. 그들의 표정과 목소리, 몸짓을 통해 더 깊이 이해하고 가까워질 수 있지. 디지털에서의 연결은 그 시작에 불과해. 디지털 소통과 실제 만남의 균형을 잘 맞추는 것이 중요한 거야. 디지털 시대의 연결은 유용하지만 진짜 인간관계를 만들려면 오프라인에서의 만남이 필요해. 온라인과 오프라인 소통을 잘 조화시킬 때 스크린 속 인연이 실제로도 서로 신뢰하는 친구가 되는 거란다.

디지털 시대는 친구를 사귀는 방식을 크게 변화시켰지만, 인간관계의 본질은 여전히 변하지 않았다고 생각해. 온라인과 오프라인의 균형을 통해 진정성 있는 소통을 배우고, 디지털의 편안함과 한계를 이해하는 것이 오늘날의 디지털 사회에서 필요한 인간관계 접근 방식이 아닐까? 마지막으로 소셜 미디어 속 화려한 인플루언서의 삶을 들여다보며 '좋아요'를 누르기 전에 지금 바로 곁에 있는 사람들, 혹은 나의 소중한 가족들에게 집중해보자. 직접 얼굴을 마주하고 따뜻한 말 한마디와 진심 어린 시선을 나누는 것은 디지털 세상에서는 찾을 수 없는 진정한 행복을 선사할 거야. 기술이 아무리 발전해도 사람 간의 진정한 연결은 직접적인 소통에서 비롯된다는 것을 잊지 않기를 바란다.

6.

관계를 잘 맺는 능력은
대화야

'인간관계를 잘 맺으려면 대화 방법이 중요하다.'라고 하지만, 이 말은 그 어느 때보다 깊은 책임감을 느끼게 해. 왜일까? 대화는 수학 공식처럼 정답이 정해져 있지 않아서 모든 상황에 똑같이 적용될 수 없기 때문이야. 대화는 개인적이고 주관적인 요소가 많아. 선생님도 다양한 상황에서 대화를 경험하며 많은 것을 배우고 있어. '핵인싸'라는 단어를 들어봤지? 사람들과 잘 어울리고 적극적으로 참여하는 사람을 의미해. 선생님이 새로운 학교로 발령되기 직전, 한 동료 선생님이 '선생님은 학교에서 인싸가 될 것 같아요.'라고 하더구나. 처음에는 그 의미를 몰라 혼란스러웠어. 나중에야 그 뜻을 이해하고 기분이 좋았지. 과연 선생님은 인싸가 되었을까? 오히려 현실에서는 반대의 일상이 펼쳐지게 된 거야. 학생들에게는 진심으로 경청하고 공감하려고 노력했지만, 동료 교사들 사이에서는 거리감을 느끼게 되었어. 그래서 선생님은 '인싸가 되기 위해 애쓰지 말자. 중요한 것은 자신의 성격과 상황에 맞는 관계를 형성하는 것이다.'라고 생각했단다. 핵인싸가 긍정적이고 즐거운 영향을 주는 것은 부럽지만 항상 유쾌한 대화만 하는 것은 현실적으로 불가능해. 선생님은 핵인싸보다는 '한 단계씩 업그레이드하는 대화의 고수가 되자.'라고 마음먹은 거야. 관계를 잘 맺는 능력은 결국 대화야. 이제 구체적으로 어떻게 해야 하는지 알려줄게. 어쩌면 이것은 지극히 개인적이고 주관적인 시선일 수 있어.

첫째, 짧은 대화로 깊은 신뢰를 형성하자.

'로또 부부'라는 표현을 들었던 기억이 있어. 처음에는 이 표현이 부부가 매일 로또에 당첨된 것처럼 사이가 좋고 행복하다는 의미인 줄 알았어. 하지만 실제로는 '서로 맞지 않는 사이'를 뜻하는 반어적인 표현이라는 것을 알게 되었지. 결혼 전에는 완벽한 대화의 짝을 만난 것처럼 보였던 그들이 왜 이제는 대화보다 침묵을 더 선호하게 되었을까?

시간이 지나면서 선생님은 오래된 부부 관계나 가족, 직장에서도 스몰토크의 중요성을 깨달았어. 날씨나 음식, 취미 등 간단한 대화를 나누는 것이 사람들 사이의 신뢰를 쌓는 데 많은 도움이 된다는 것을 실감했단다. 결국 '로또 부부'를 통해 작은 대화의 중요성을 알게 된 거야. 스몰토크는 친밀감을 쌓고 사회적 관계를 유지하는 데 유익하다는 것을 기억하렴. 심지어 '스몰토크는 과학이다.'라는 말도 있지. 대학교 생활에서도 스몰토크는 중요한 역할을 해. 예를 들어, 수업 중이나 학내에서 만나는 사람들과의 대화에서는 "요즘 수업은 어때? 시험 준비는 어떤 방법으로 하고 있어? 학교 도서관이나 카페 중에 자주 가는 곳 있어?"와 같은 간단한 질문도 도움이 될 수 있어. 또한, 친구들 사이에서는 "이번 주말에 뭐 할 거야? 최근에 본 영화나 드라마 중 재밌는 거 있어? 학교 근처에 새로 생긴 맛집 가봤어? 추천해줘."와 같은 질문이 대화를 자연스럽게 이어주는 역할을 한단다. 선생님이 사회 초년생이었을 때, 10년 이상 직장 생활을 한 선배가 "스몰토크의 강자가 되어야 한다."라고 조언해줬어. 그 선배는 승강기 안이나 회식 자리에서 누구와도 스몰토크를 잘 활용했어. "오늘 날씨가 참 좋네요. 점심은 뭐 드셨어요? 옷 색깔이 예쁘네요. 어제 야구 보셨어요?" 등등, 그 선배의 대화는 감탄을 자아냈어. 당시 선생님도 그의 스몰토크를 배우고 싶었단다.

지금은 스스로 자청하는 '아싸'가 되었지만 필요할 때 스몰토크를 활용하고 있어. 너희도 연습을 통해 익숙해지면 좋겠구나. 주변 사람들과 대화를 연습하고 진정한 호기심으로 상대방에게 관심을 표현하며 맞장구를 쳐보렴. 대화에서는 내가 30%를 말하고, 상대방 이야기를 70% 들어주는 것이 좋아. 그리고 오랜 가족 관계에서도 스몰토크 주제로 대화를 시작해보렴. 작은 말 한마디가 관계의 윤활유가 되어 너를 더 행복하게 해줄 거야. 많은 사람이 의외로 스몰토크를 선호하는 것을 볼 수가 있단다. 쉽게 입을 열어 대화를 건네는 것 같지만 분명 그 안에는 깊은 배려와 공감이 녹아 있다는 것을 잊지 마.

둘째, 이미지 트레이닝을 통해 다가가는 소통의 기술을 그려보자.

사회에 나가기 전 대화 기술과 소통 방법에 대한 교육을 받을 수 있다면 좋겠지만 그런 기회는 흔치 않지. 냉소적인 상사, 직설적인 관리자, 상처를 주는 말이나 낯선 상황에서 대화가 어려운 사람들을 만나면서 '어떻게 대처해야 할까?'라는 고민을 많이 했어. 인공지능과 자기 계발서 덕분에 대화 방법에 대한 해답을 쉽게 찾을 수 있는 시대가 되었지만, 직접 실천하고 적용하는 것은 이론과 다르다는 것을 알아.

선생님은 대화를 이어가기 힘든 사람과 만날 때, 이미지 트레이닝을 시도한단다. 대화가 순조롭게 진행되고 필요한 부분만 잘 나누는 장면을 상상해보는 거야. 운동선수들이 중요한 경기를 앞두고 이미지 트레이닝을 하는 것과 비슷해. 뇌는 세세하게 상상할수록 현실과 구별할 수 없게 되어 긍정적인 행동과 감정, 사고방식을 가지게 도와줘. 물론 예측 불허의 상황도 있을 수 있지만 이미지 트레이닝이 실제 대화에 큰 도움이 된다는 것을 확신해.

셋째, 경청의 힘으로 마음의 문을 열자.

"이제 마음이 많이 안정됐어요. 어떻게 해야 할지 생각이 들어요." 이 말은 사춘기 여학생이 학업과 부모님과의 갈등으로 여러 차례 상담실을 찾아왔고, 한참을 울고 난 뒤 전한 이야기야. 상담을 받을 때마다 학업 스트레스와 부모님에 대한 원망을 쏟아내며 눈물을 흘렸지. 반복되는 패턴에 선생님도 지쳐갔지만, 여학생은 결국 스스로 해결책을 찾아냈어. 감정을 탐색하고 수용하는 능력이 뛰어난 학생이었거든. 선생님은 단지 부드러운 티슈를 건네고 몇 마디 위로와 질문만 했어. 단, 선생님에게는 원칙이 있거든. 상담 중 눈물이 흐르면 꼭 부드러운 티슈로 닦고 눈물을 멈추게 하지 말라고. 눈물은 감정을 해소하고 내면을 표현하는 중요한 신호이기 때문이야. 이렇게 경청이 시작된 거야. 여학생의 감정을 배려하고 기다리는 동안, 우리는 서로를 이해하고 깊이 연결될 수 있었어. 여학생은 진심 어린 경청을 통해 자신이 특별하고 귀한 존재임을 인식하게 되었어. 선생님도 비슷한 경험이 있어. 억울하고 힘들었던 일을 어떤 분께 눈물을 흘리며 하소연한 적이 있었거든. 긴 이야기를 들은 후, 그분이 "우리가 여기 있어요. 당신을 알고 오랜 시간 봐왔잖아요. 우리가 함께 있어요."라고 말씀을 하시더구나. 그때 몇 달 동안 괴로웠던 마음이 풀리고 해소되는 걸 느꼈어. 문제 해결 방법을 제시하거나 특별한 이야기를 해주신 것도 아니었어. 그 순간, 나와 함께 하며 선생님의 모든 말과 감정을 온전히 수용하고 경청해 주신 거야. 이 경험을 통해 따뜻한 경청의 힘을 깊이 실감하게 되었단다. '경청은 이렇게 뜨거운 감동과 기쁨을 전해주는구나!'라고. 또 한 가지 경험을 나누어줄게. 우리나라 국민 정신 건강 멘토 오은영 박사님의 강연을 들은 적이 있어. 강연 중에는 '30초 즉문 즉답' 순서가 있었지. 관람객이 질문하면 30초 안에 박사님이 답변해야 했어. 한 분이 질문하는 데만 20초 이상 걸렸고, 복잡한 고민을 박사님이 어떻게 짧게 답변하실 수 있을까 하는 의문이 들었지. 그런데 박사님은 매우 명쾌하고 분명한 답변을 해주셨어. 박사님은 온 마음을 다해 질문하는 관람객에게 집중하고 그분의 표정과 내면까지도 듣겠다는 자세로 경청했어. 바로 진심 어린 경청 덕분에 짧고 명쾌한 답변이 가능했던 거야. 경청의 중요성과 기술은 책이나 인터넷에서 쉽게 찾을 수 있지만 선생님은 열 가지 기법보다 직접 경험한 경청의 힘과 깊은 가치를 전하고 싶었어.

마지막으로 영화배우 김혜수 씨가 유튜브 〈PDC〉에 출연해 "나도 누군가를 흉보고 미워할 때가 있지만, 결국 피해 보는 건 나 자신이라는 걸 알게 됐다."라고 하더라. 그 말을 듣고 김혜수 씨가 내면까지 빛나는 연예인이라는 사실을 실감했어. 중요한 것은, 세상이 변해도 변하지 않는 것은 인간관계의 본질은 여전히 '대화'에 있다는 점이야. 단언컨대, 관계를 잘 맺는 능력은 대화에 있는 거란다. '내가 뱉은 말이 곧 나다.'라는 말처럼. 내가 하는 말이 나를 증명하게 해. 어떤 말을 하든 그 말을 처음 듣는 사람은 결국 나 자신이라는 것 기억하렴. 내 입을 통해 주변 사람들에게 전해지는 말은, 결국 나에게 돌아오게 마련이야. 좋은 말은 나에게 긍정적인 영향을 미치고 나쁜 말은 나에게 돌아오게 마련이야. 마치 부메랑처럼 말이야. 오늘 너는, 누구와 어떤 대화를 나누고 있니? 좋은 대화를 통해 의미 있는 하루가 되기를 바란다.

7.
사람 사이에도
바운더리가 필요해

너희들이 살아가면서 점점 더 많은 것을 배우고 있지? 예를 들어, 운동을 열심히 하면 건강한 몸과 체력을 유지할 수 있고 공부를 열심히 하면 성적이 오를 수 있다는 것을 경험했을 거야. 돈도 열심히 벌면 모을 수 있을 것 같아. 그런데 인간관계는 왜 노력하는 만큼 쉽게 좋아지지 않는 걸까? 이런 순간이 쌓이면 우리는 '인간관계 현타', 즉 현실 자각의 순간을 겪게 돼. 가장 쉽게 만나고 얻을 수 있는 것이 사람이라면, 가장 쉽게 잃을 수 있는 것도 사람이야. 그로 인해 가장 큰 상처를 받는 것도 바로 사람이라는 사실이지.

그렇다면 인간관계가 좋다는 것은 무엇일까? 그리고 그 안에서 내가 뭘 해야 할까? 책에서 읽었듯이, 인간관계를 개선하기 위해 친구들의 말을 열심히 경청하고 행동 하나로 판단하지 않으려 노력했을 거야. 그리고 타인을 존중하려는 마음을 갖기 위해 여러 가지 시도를 했겠지. 하지만 인간관계에서 실망하고 좌절하는 순간은 또 생기기 마련이야. 선생님도 비슷한 경험을 했어. 그런데 인간관계 속에서 기쁨과 행복을 채우고 때로는 좌절을 경험할수록 좋은 관계는 서로가 적당한 거리를 두는 사이라는 것을 배우게 되었어. 다시 말해, 사람 사이에는 반드시 바운더리가 필요해.

『당신과 나 사이』에서 김혜남 작가는 대인 관계에서 행복해지기 위해 각 관계에서 필요한 최적의 거리를 제안해. 가족과는 20㎝, 친구와는 46㎝, 직장 동료와는 1.2m 정도의 거리를 권장하고 있어. 부모님이나 배우자와 같이 나를 아끼고 사랑하는 사람이라 하더라도 나를 함부로 대해서는 안 돼. 친구와의 관계에서도 적절한 격식이 필요해. 직장 동료와는 서로의 사생활을 알려고 하지 말 것을 권고하고 있지.

우리는 함께하지만, 적당한 거리와 경계를 두는 것이 필요한 거란다. 그동안 우리의 노력이 부족해서 관계가 힘든 게 아니라 건강한 경계가 필요했던 것이야. 이를 각자의 고유 영역을 보호하는 '바운더리'라고 해. 선생님도 많은 사회적 역할에서 친한 친구라는 이유나 오랜 시간 함께한 직장 동료라는 이유로 경계선을 넘는 실수를 했던 것 같아. 상대방이 요청하지도 않았는데 먼저 경험했다는 이유로 어설픈 조언을 하거나, 오랜 시간 알고 지낸 친한 친구에게 짓궂은 비유와 농담을 건넨 경우도 있었지. 부끄럽지만 거리 두기 조절과 차단에 실패한 경험이란다. 친할수록 예쁘고 다정한 말을 건네야 한다는 것을 알았으면 좋겠구나. 그리고 나보다 어린 사람에게는 더욱 존중하는 마음과 배려하는 자세를 가져야 해. 간섭이 되지 않도록 겸손함으로 서로를 신뢰할 수 있는 안전거리를 유지해야 한단다.

때로는 결혼을 한 뒤, 새로운 가족과의 관계에서 바운더리가 침범되는 경우가 생길 때가 있어. 이런 경우, 예기치 않은 경고등이 켜진단다. 선생님은 대응 방법을 몰라 상대가 무례한 행동을 해도 불쾌감을 느끼며 참는 경우가 많았어. 그렇게 해야 새로운 가족들과 원만하게 지내고 분위기를 망치지 않겠다는 생각이 자리 잡고 있었던 것 같아. 나를 속이거나 희생하며 관계를 유지하는 것은 건강하지 않아. 그렇다고 불쾌한 감정을 표현하거나 모든 관계를 끊자는 의미도 아니야. 서로에게 필요한 거리를 지키며 각자의 살아온 모습을 인정하고 존중하는 것이 필요해. 가족이라는 이유로 함부로 판단하거나 강요를 통해 불편한 개입을 해서는 안 된다는 것을 알았으면 해.

경계선을 함부로 넘는 사람과 관계를 유지해야 한다면, 불편함을 명확하게 전달하는 것이 서로에게 도움이 될 수 있어. 감정적 반응보다는 차분하게 자신의 입장을 설명하는 것이 중요해. 당장은 긴장되고 회피하고 싶겠지만, 나를 함부로 대하는 사람들에게서 반드시 스스로를 보호해야 한단다. 선생님은 긴장감을 견디지 못해 참는 동안 오히려 더 많은 갈등과 원망이 깊어진 경험이 있어. 너희는 선생님처럼 두려워하지 않았으면 좋겠구나. 꼭 용기를 내렴. 때로는 예민한 존재로 인식되거나 불편함을 초래할 수도 있겠지만, 시간이 지날수록 건강한 바운더리가 형성되는 것을 볼 수 있어. 또 하나의 대안은 상호작용을 최소화하고 짧은 인사와 안부만을 예의 바르게 나누는 거야. 상처받지 않는 거리를 유지하는 게 필요해. 어떤 감정의 동요도 없이, 상대방의 언행이 나에게 아무런 영향을 주지 않도록 최소한의 대화만 유지하렴. 개인의 통제력과 판단력이 올바르게 작용하는 유연한 경계가 있어야 한다는 것을 명심하면 좋겠다.

아기가 태어나면 '대상 영속성'을 형성하는 시기가 있어. 이때는 누구나 알고 있는 '까꿍' 놀이를 시작하는데, 이는 주 양육자와의 돌봄과 정서적 교감을 경험하게 해. 주 양육자가 눈에 보이지 않을 때도 여전히 존재한다는 심리적 상태를 형성하는 데 필요한 놀이야. 더 나아가 애착 욕구와 경험이 이루어지면 아기는 어린이집에 갈 수 있는 시기가 되는 거야. 이 시기에는 보호자와 헤어져도, 일정 시간이 흐른 후 반드시 다시 만난다는 것을 알게 되는 거지. 유년기의 애착 손상이 발생하지 않고 애착 욕구가 충족되면 성인이 되었을 때도 건강한 관계를 유지할 가능성이 높아. 타인과의 작은 거리는 사이가 멀어지는 것이 아니라 오히려 서로 신뢰하고 안정된 관계를 유지할 수 있도록 도와준단다. 우리 사이의 작은 거리가 서로를 더 잘 이해할 수 있는 친밀한 관계의 길라잡이가 될 테니까.

마지막으로 건강한 거리의 핵심은 '서로 협력하고 친밀한 관계를 형성하는 것'이라는 걸 알았으면 해. 그러기 위해 먼저 나에 대한 '자기 돌봄'이 필수적이야. 거리 두기를 실천하기 전에 건강한 자기애를 형성해야 한다는 의미야. 자기애는 자기 결정권과 주체성으로 이루어져 있어. 자기애가 확

립되면 타인과의 관계에서 적절한 거리 두기가 가능해지고 건강한 관계를 형성하는 데 중요한 역할을 해. 나에 대한 자기 결정권과 주체성이 없다면 거리 두기 조절은 어려워지지. 무엇을 조절해야 하는지, 왜 조절해야 하는지 모른 채 타인이 주도하는 관계에 끌려다니게 되니까. 우리는 종종 타인을 위해 무언가를 하고 정성을 쏟으면서 자신에게는 시간을 내지 못해 소홀할 때가 있어.

나의 목소리에 귀를 기울이렴. 그리고 자신을 돌보고 아끼며 사랑하는 습관을 기르렴. 애틋한 내 삶을 아름답게 바라보는 시선이, 결국은 타인들이 보는 너희들의 시선도 결정하게 한단다. 나의 삶을 아름답게 바라보는 시선으로 자기애를 갖춘 뒤, 건강한 거리를 만들어두자. 누구에게 잘 보이기 위해서가 아니라 나와 너, 우리가 건강한 관계를 형성하기 위해 작은 거리를 두는 것이 필요하다는 것을 꼭 기억하면 좋겠구나. 선생님도 『내가 죽으면 장례식에 누가 와줄까』의 김상현 작가가 강조한 '적당한 거리감을 두고 뜨거운 마음으로 따뜻한 사람'이 되기 위해 노력하고 있단다.

8.
매일 더 나은
자신을 만나는 길

우리나라에서 송이버섯은 소나무에서 자란다는 사실을 알고 있니? 대부분의 버섯은 죽은 나무에 기생하지만 송이버섯은 살아 있는 소나무에 20~100년 동안 기생하며 좋은 기운을 받아 번식해. 이런 희귀성 덕분에 송이버섯은 버섯 중에서도 최고로 여겨지지. 그렇다면 이 귀한 버섯은 왜 소나무 밑에서만 자라는 것일까? 송이버섯은 소나무의 뿌리가 흡수한 양분을 얻고, 소나무는 송이버섯을 통해 물과 양분을 공급받아. 이처럼 서로 도움을 주고받는 상호작용은 두 생명이 특별한 공생 관계를 맺고 있음을 보여줘.

선생님은 친구와 나, 우리 인간관계가 소나무와 송이버섯처럼 공생 관계로 이루어져 있다고 생각해. 서로 협력하고 의존하며 함께하는 삶은 바로 이런 거지. 신뢰와 소통을 바탕으로 상호 보완하며 각자의 역할을 존중하는 것. 서로의 결핍을 채워주는 관계가 우리가 꿈꾸는 인간관계와 닮아 있지 않니?

'지란지교(芝蘭之交)'라는 말, 들어본 적 있지? 벗 사이의 맑고 고귀한 사귐을 뜻해. 친구와의 우정은 단순한 만남을 넘어 서로에게 든든한 정서적 지원군이 되어준단다. 사회적 연결을 제공하며 함께하는 즐거운 삶을 선사하기도 해. 더 나아가 나의 자아실현과 삶의 만족도를 높여주는 역할도 해. 아름답게 빛나는 청춘 시절, 선생님도 힘든 날들이 많았어. 정든 사람과의 이별로 힘들고, 불합리한 오해로 속상함과 원망이 생기기도 했지. 또 잦은 실패와 좌절로 낙오자가 될까 두려웠던 적도 있었어. 반복되는 갈등으로 인간관계에 회의감이 찾아오기도 했단다. 그 순간들을 지나오며 뒤돌아보니, 내가 다시 용기를 낼 수 있게 한 계기가 있었어. 바로 어려운 시기에 나를 지지하고 용기를 전해준 진실한 친구들이 있었던 거야. 이 친구들은 나의 힘든 시간을 함께 나누었고, 나의 고민과 슬픔을 이해해 주며 큰 힘이 되어줬지. 내가 선택하고 결정한 것 같지만, 특별한 관계 맺음을 통해 영향을 주고받으며 송이버섯과 소나무처럼 서로 공생하고 있었던 거지.

또 다른 예를 들자면, 선생님이 꿈을 포기하지 않고 꾸준히 나아가는 모습을 본 한 친구가 선생님의 목표를 응원하며 자신도 꿈을 이루었어. 그 친구의 성공은 또 다른 친구에게 새로운 도전의 기회를 제공했지. 이처럼 서로의 자아실현을 돕다 보니 마치 자유로운 인생의 교향곡이 만들어지는 듯한 느낌이 들었어. 각자의 삶에서 풍요롭고 조화롭게 지란지교를 꿈꾸는 아름다운 우정이 형성되는 순간이었단다.

선생님은 모든 면에서 관계 중심형 타입이야. 그래서 때로는 순수한 오지랖과 과도한 배려로 인해 상황을 조절해야 하는 경우가 생기곤 해. 그럼에도 불구하고 선생님은 이런 나를 참 좋아해. 물은 반드시 높은 곳에서 낮은 곳으로 흐르는 것처럼, 사람의 마음도 그렇다고 생각해. 사랑이 많은 곳에서 적은 사람에게 흘러가는 법이지. 친구들의 사랑과 애정의 힘이 흘러 나와 오늘의 나를 만들고 내일의 나도 성장하게 해. 어쩌면, 선생님의 순수한 오지랖도 누군가에게 따뜻한 위로와 다시 일어서는 용기를 전해줄 수 있다고 믿고 있단다.

한번 잘 생각해보렴. 살면서 더욱 가치 있고 성장했던 시기, 관용과 침착함, 이해와 인내를 배웠던 시기는 언제였을까? 우리가 잘나가던 시기였을까? 아마도 갈등과 시련을 경험하며 버텨가던 때가 아니었을까? 실패했지만 다시 용기 내어 꿈을 이루기 위해 노력했던 모습, 부당함 속에서 사회적 기술과 현명한 대처를 습득하고자 한 노력, 잦은 갈등 속에서 타산지석으로 삼아 원만한 관계를 이루고자 했던 시도. 이 과정에서 송이버섯과 소나무처럼 서로에게 양분을 보내준 소중한 이가 곁에 있었을 거야. 다정함과 친밀함으로 차분하게 지켜봐 준 사람. 혼자였다면 쉽게 무너졌겠지. 그래서 선생님은 오늘도 순수한 오지랖으로 너희들에게 이렇게 이야기를 전하고 있나 봐.

심리학에서는 '정신화'라는 이론이 있어. 이는 반사 기능이라고도 하며,

이를 통해 우리는 자신과 타인의 행동을 인식하고 해석할 수 있지. 위키백과에서는 '정신화는 상상적 정신 활동의 한 형태로, 욕구, 바람, 감정, 신념, 목적, 목표, 이유 등 의도적 정신 상태를 통해 인간의 행동을 인지하고 해석하게 한다.'고 설명하고 있어. 한마디로 요약하자면, 다른 사람의 정신 상태를 이해하는 능력을 의미하는 거란다. 이 복잡하고 어려워 보이는 인지능력은 사회적·정서적 관계를 구축하는 데 기본이 돼. 또한 의사소통, 공감, 자기주장 및 적극적인 경청과 밀접하게 연결되어 있어. 즉, 정신화 능력으로 타인의 감정을 이해하고 갈등 상황에서 효과적으로 대응할 수 있는 능력을 키울 수 있지.

최근에 흥미로운 내용을 알게 되었어. 「정신화 기반 치료와 실용 가이드(Bateman & Fonagy, 2013)」에 따르면 '높은 수준의 정신화 능력을 갖춘 사람들은 전형적으로 스트레스 상황에 직면했을 때 상당한 탄력성을 보여주며, 다른 사람들을 돌볼 줄 아는 능력과 좋은 관계를 맺는 능력을 갖추고 있다. 그리고 역경 상황도 효과적으로 다루는 것으로 나타난다.'고 했어. 바로 선생님이 앞장에서부터 지금까지 전하고자 한 모든 메시지의 핵심이 정신화 이론에 담겨 있더라. 상대방의 행동을 이해할 수 있고 서로의 가치를 인정하고 존중하는 태도. 손상된 정서적 관계에서 회복 탄력성을 키우며 단단해지는 길. 매일 더 나은 자신을 만날 수 있는 길.

『여행의 시간』에서 김진애 작가는 '여행의 시간은 짧지만, 여행을 품은 인생의 시간은 길다.'고 이야기하고 있어. 선생님은 이 문구를 보며 친구를 떠올렸어. 인생의 어느 시점에 함께한 친구, 짧은 만남이지만 서로에게 깊은 감동과 울림을 준 그와의 시간은 영원하다고 느껴. 사랑은 내가 더 줘야지 했는데 결국 더 많이 사랑받고, 더 많은 배려와 이해를 받아온 거야. 어쩌면 지금 이 순간도 내가 받은 무한한 애정과 신뢰의 힘으로 너희들에게 글을 쓰고 있는 것일 수도 있어. 친구들이 나에게 준 사랑과 지지가 오늘 너희들에게 지금의 이야기를 전하는 원동력이 되었거든.

너희들의 청춘은 바로 지금이야. 많은 사람을 만나 인생의 황금기를 만끽하고 마음껏 웃고 기뻐하렴. 그 안에는 기대와 희망, 설렘, 기쁨, 그리고 행복이 있을 거야. 동시에 아픔과 절망, 분노, 슬픔과 갈등도 존재한단다. 이러한 다양한 감정이 청춘을 더욱 풍요롭고 의미 있게 만들어주며, 그 과정에서 경험하는 모든 순간이 너의 성장에 소중한 역할을 해. 너의 사랑과 애씀이 다시 너에게 응답할 거야. 어떻게? 건강한 몸과 맑은 정신으로 성장한 너와 친구를 통해. 그리고 함께하는 벗을 통해서.

매일 더 나은 자신을 만나는 길. 꾸준히 성장한 너의 모습을 마주하는 방법은 바로 친구란다. 서로의 일상을 비추는 거울이 되어주었으니까. 이 순간 떠오르는 친구가 있을까? 있다면 서로 보고 싶은 것을 함께 보자. 좋아하는 것을 함께 나누자. 선생님도 너희들을 통해 나를 비추어 본단다. 너희와의 교감을 통해 나를 성장하게 해줘서 고마워. 선생님의 이야기를 끝까지 전할 수 있는 의지와 열정을 주어서 감사해. 마지막으로 언제나 너희들을 응원해. 사랑과 긍정을 담아.

나다운 사랑이
우리를 살게 한단다

우쌤: 우윤정

1.
모태 솔로인 게
너무 억울하다고?

요즘 〈나는 솔로〉라는 프로그램이 큰 인기를 끌고 있어. 선생님도 유일하게 챙겨보는 프로그램이란다. 다양한 사람들이 나와서 첫 만남부터 연애하기 전까지 과정을 날것 그대로 보여줘서 재미가 있어. 하루는 큰언니 집에서 재방송으로 그 프로그램을 같이 보게 되었어. 한참을 보고 있는데 조카가 갑자기 억울하다며 우는 거야. 큰언니와 나는 당황해서 조카에게 왜 우느냐고 물어봤지. 그랬더니 그 어린아이가 뭐라고 했는지 아니?

"나는 아홉 살인데 한 번도 연애를 못 해봤어. 모태 솔로인 게 너무 억울해."

펑펑 우는 아이가 귀여워 큰언니는 "은채야. 엄마는 서른 살이 돼서야 아빠랑 처음 연애했어."라고 말하며 아이를 달랬어.

그 말을 듣는데 선생님은 피식 웃음이 나오기도 하면서 놀랍기도 했단다. 아직 아홉 살밖에 안 된 조카가 모태 솔로라는 단어를 아는 것도, 선생님의 아홉 살 때는 한참 노는 데에 빠져서 남자아이들도 이성이기보다 그냥 친구였는데 요즘 아이들은 참 빠르다는 것을 느꼈단다.

청소년기가 되면 이성에 눈을 뜨게 된단다. 선생님 시대 때와는 달리 그 시기가 점점 빨라지는 것 같아, 열두 살 딸을 키우는 엄마로서 염려스러운 부분이 있어. 가령 정신적으로 성숙하지 않았는데 신체적으로 발육이 빨라져서 이성과의 스킨십 문제라든지, 학업에 열중해야 할 나이인데 이성과의 관계 문제로 공부에 소홀하지 않을지라는 생각 때문에 불안하기도 해. 또한 조카처럼 모태 솔로인 게 억울해서 이성에 대한 단순 호기심으로 연애를 시작하려고 하는 것은 아닌지에 대한 걱정이 있어.

하지만 이건 순전히 엄마의 입장인 거고, 너희들의 입장을 생각해보면 선생님의 10대 때를 다시 떠올려본단다. 선생님도 10대 때는 이성에게 관심을 가졌을 때가 있었어. 중학교 때는 도서관에 자주 오던 고등학생 오빠를 짝사랑한 적도 있었고, 그 오빠랑 연애하면 어떤 기분일지 혼자 상상하며 마음을 키웠었지. 선생님은 이런 마음을 입 밖으로 내뱉은 적은 없었어. 뭐랄까. 뭔가 불순한 생각인 것 같기도 했고, 누가 알면 부끄럽기도 했고. 더더욱 부모님이 아시면 혼낼까 봐 무서웠단다.

잘못된 이성관이었던 것 같아. 그 당시에는 제대로 된 교육을 받은 적이 없어. 이성 친구를 사귀는 것은 소위 일진들이 하는 거고, 부모님에게 솔직히 말했다가는 학생이 하라는 공부는 안 하고 딴생각만 한다고 욕 들을 게 뻔한 분위기였지.

선생님은 대학교 때 처음 남자 친구를 사귀었는데, 한번은 길에서 엄마, 아빠를 만난 적이 있어. 선생님은 부모님을 보자마자 인사를 하려고 다가

갔는데 엄마, 아빠는 옆에 있던 남자 친구를 한 번 쓱 보더니 나를 무시하고 가버리더라. 선생님은 그때 참 충격을 받았단다. 후에 알고 보니 샛노랗게 염색한 남자 친구의 머리를 보고 질이 안 좋은 친구랑 사귀는 줄 알고 마음에 안 들어서 그냥 가셨다는 거야. 선생님은 성인이 되었는데도 이성 친구 사귀는 것이 떳떳하지 못했고, 부모님도 내 마음을 존중해주지 않은 것 같아 실망도 했단다. 선생님은 그 경험으로 내 아이에게는 그러고 싶지 않았지. 아이의 솔직한 이야기를 듣고 싶은 부모가 되고 싶단다.

지금 이성에게 관심을 보이고, 좋아하는 감정이 생기고, 그 아이와 사귀고, 좋은 시간을 보내고 싶고, 만지고 싶은 것은 자연스러운 거란다. 만약 내 딸이 좋아하는 남자아이가 생겼고, 그 아이를 선생님에게 소개해 준다면 나는 정말 기쁠 것 같아. 내 딸이 이제는 아이가 아니구나. 잘 자라고 있다는 것을 느낄 것 같구나.

하지만 엄마로서 염려되는 부분은 꼭 말해주고 싶어. 누군가를 만난다는 것은 좋아하는 감정도 있어야 하지만 책임감이 필요해. 10대, 20대 때에는 혈기가 왕성하단다. 충동성이 커지고 욕망을 제어 못 할 때도 있지. 그래서 충동을 이기지 못하고 성급한 행동을 할 때도 있단다.

너희가 원하지 않아도 이성 친구가 스킨십을 원할 때도 있단다. 아직 준비가 안 되었는데 이성 친구의 말에 설득당해서 후회할 행동은 안 했으면 해. 단 한 번의 행동으로 평생 책임질 일이 생길 수 있어. 가볍다고 생각했던 일이 큰일이 되어 너의 앞날을 힘들게 할 수 있단다.

아직 학생인 신분으로 임신을 했다고 생각해 보자. 한창 공부해야 할 나이고, 돈을 벌기에는 아직 어리지. 부모 역할은 성숙한 인격과 안정적인 수입원을 만들었을 때, 잘 수행할 수 있단다. 너는 막막할 거야. 그렇다고 낙태를 하자니 무섭고, 낙태한다고 해도 죄책감으로 평생 힘든 나날을 보내게 될 거야. 상상만으로도 답답하고 암울하지 않니.

좋아하는 감정이 커서 행동에 옮기기 전에, 내가 감당할 수 있는 행동인지, 내가 정말 원하고 있는지를 잘 파악하는 게 중요해. 만약 마음의 준비가 되었을 때는 피임은 꼭 해야 한다는 것을 명심했으면 해. 피임은 너희를 지키는 거란다. 혹여 이성 친구가 피임을 거부한다면 관계에 대해서도 다시 생각해봤으면 한다. 연인은 좋아하는 사람을 지켜주고 싶지, 절대 자기 욕구만 생각하지 않아.

또한 성병에 대해서도 잘 알아야 한단다. 성관계를 통해서 다양한 세균, 바이러스, 기생충 등을 옮길 수가 있어. 특히 인유두종바이러스(HPV)는 자궁경부암을 일으키는 중요 원인 인자여서 꼭 예방접종을 하고, 주기적으로 산부인과를 방문해 검사를 하고 관찰해야 한단다. 잠복기가 있어서 언제 활성화가 되어 변이될지 모른단다. 인유두종바이러스는 피임해도 옮길 수 있기 때문에 조심해야 해. 미혼인 네가 산부인과에 간다는 게 부담되고 부끄러울 수 있어. 특히 굴욕 의자에 앉아야 한다는 게 수치스럽게 느껴질 수도 있을 거야.(선생님도 아직 적응이 안 돼.) 하지만 나를 위해서 항상 내

몸을 지키도록 노력해야 해. 1년에 한 번, 못해도 국가 건강검진(2년에 한 번)은 꼭 정기적으로 받도록 노력했으면 하구나. 그렇다고 너무 겁먹지 않았으면 해. 인유두종바이러스는 1명과 관계를 했어도 흔하게 발견될 수 있고, 면역력이 좋다면 6개월~2년이 지나 자연 치유되기도 해.

언젠가 너희는 모태 솔로에서 벗어나 연애하겠지. 이성에 대한 단순 호기심으로 시작하기보다 정말 상대방을 좋아하고, 서로 지켜주고 싶은 존재가 되고 싶을 때 시작했으면 해. 그리고 책임감을 가지고 진실되게 사랑했으면 한단다. 나이는 중요치 않아. 내 마음을 알고 욕구를 조절할 수 있고 상대방을 진심으로 사랑할 수 있을 때. 그때 시작해도 늦지 않아.

2.

사람은
고쳐 쓰는 게 아니야

선생님의 아이가 어릴 때 나에게 이런 질문을 한 적이 있단다. "엄마는 아빠 뭐가 좋아서 결혼했어?" 호기심 가득한 눈으로 물어봤던 아이의 모습이 아직도 선하구나. 그때 선생님은 뭐라고 말했는지 잘 기억이 안 나. 아마도 가정에 충실할 것 같아서라고 대답을 했던 것 같다.

남편과 결혼 전, 우리는 닮은 점보다 다른 점이 많았단다. 남편도 나의 안 좋은 부분이 있듯이 선생님은 남편의 안 좋은 부분이 항상 마음에 걸렸단다. 하지만 극복할 수 있다고 생각했어. 왜냐면 남편이 나를 위해 담배도 끊었거든. 그 노력이면 어떤 문제든 극복할 수 있다고 생각해서 안 좋은 면보다 좋은 면을 더 보려고 했고, 사랑했기 때문에 바뀔 수 있다고 생각했어. 하지만 결혼을 하고 나서 알았지. 그건 나만의 착각이었다고.

너희는 어떤 연애를 하고 있니? 혹시 예전의 나처럼 이성 친구를 변하게 하려고 노력하고 있는 건 아닌지. 남편이 나를 위해 담배를 끊었던 것처럼 이성 친구가 너를 위해 변했다고 굳게 믿고 있는 것은 아니겠지. 냉정하게 들릴지 모르겠지만 그건 착각에 불과해.

이성 친구는 현재 너를 사랑하기 때문에 잠깐 변한 거지. 절대 네가 원하는 방향으로 변하지 않아. 이성 친구는 네가 아무리 노력한다고 해도 절대 변하지 않아. 아니 변할 수 없단다.

네가 아기자기한 것을 좋아하고, 쇼핑을 좋아하는데 남자 친구가 "나를 위해서 쇼핑을 하지 말아줘."라고 말한다고 평생 쇼핑을 끊을 수 없는 것처럼 말이야. 어쩌면 그런 말들이 서로에게 감옥일지도 모르겠어. 자기가 좋아하는 것, 쭉 해왔던 행동, 믿고 있는 것을 사랑이라는 말을 앞세워 통제한다는 것이 가혹하다는 생각이 들어.

너희는 이성 친구의 어떤 면이 마음에 안 드니? 나 아닌 다른 이성에게 친절한 것, 친구들을 좋아해서 술자리가 많은 것, 뚱뚱한 것, 센스가 없는 것, 유머 감각이 없는 것, 말을 험하게 하는 것, 다른 사람을 배려하지 않는 것, 자기 마음대로 하려고 하는 것, 폭력적인 것 등등 선생님이 나열한 것 중에 비슷한 부분이 있니? 그럼 반대로 싫어하는 부분이 있어도 굳이 그 사람을 만나려고 하는 이유가 뭐니? 아마도 사랑이겠지. 좋아하는 마음이 커서 싫어하는 부분을 애써 외면하려고 하는 것. 바뀔 수 있다는 희망 때문에 그 끈을 놓지 못하고 있겠지.

사람은 고쳐 쓰는 물건이 아니야. 네가 그 사람을 바꿀 수 있다는 것은 어쩌면 오만일지도 몰라. 나 자신도 변하기 쉽지 않은데 절대 남을 변화시키기는 힘들어.

반대로 너를 변화시키려고 하는 이성 친구 때문에 힘드니? 선생님도 그런 적이 있었어. 남자 친구는 선생님의 스타일이 마음에 안 들었나 봐. 승무원 스타일처럼 단아한 것을 좋아하는 남자 친구는 매번 단정하게 머리를 묶으라고 했었고 머리부터 발끝까지 자기 스타일에 맞추려고 간섭했어. 그것도 모자라 "너의 이런 행동이 마음에 안 든다.", "여자는 이래야 해." 등등 나에게 가스라이팅을 하며 자기 입맛에 맞게 나를 바꾸려고 했어. 처음에 선생님은 사랑하는 사람이니까 내가 맞출 수 있는 부분은 맞춰야 한다고 생각했어. 그래서 안간힘을 다해 바꾸려고 노력했지. 그러면 그럴수록 내가 행복해지는 게 아니고 힘들어지는 거야. 하지만 그 사람과 헤어지고 싶지 않았고 선생님은 어떻게 해서든 그를 붙잡고 싶었어. 나중에 헤어지고 나서 알았어. 그 사람은 나를 진정으로 좋아하지 않았구나. 자기 입맛에 맞는 인형이 필요했던 거구나.

더욱 웃긴 것은 그렇게 나에게 까다롭게 굴고 예민했던 사람은 진정 사랑하는 사람을 만나면 세상 둘도 없는 사랑꾼이 된단다. 상대방을 바꾸려고 노력하지 않아. 자기가 그 사람 마음에 들려고 바꾸면 바꿨지 통제하지 않는단다. 그와 네가 헤어진 건 그냥 맞지 않아서일 뿐이야. 마음이 그 정도여서 100% 마음에 들지 않았기 때문에 너를 바꾸려고 한 거야. 너 역시 연인을 바꾸려고 하는 것은 네 마음이 그 정도이기 때문이야.

선생님의 남동생은 총각 시절 그렇게 술을 좋아했는데, 정말 사랑하는 사람을 만나 결혼하니 그렇게 못 끊던 술을 자제하기 시작했고 지금은 적당히 술을 즐기는 사람이 되었어. 올케가 자기를 위해 헌신하고 사랑하는 마음을 보여주니 남동생도 올케에게 잘 보이고 싶고, 사랑받고 싶어 사람이 변하더라. 선생님은 그때 알았어. 절대 못 고칠 것 같은 부분도 진정으로 사랑하는 사람을 만나면 변할 수 있구나. 또한 그 사랑을 지키기 위해서는 일시적으로가 아니라 평생 노력을 해야 하는구나. 변화는 상대방이 아닌 나를 위할 때, 내가 진정으로 필요할 때 시작되는 거였구나.

세상에 무수한 사람이 있어. 잘 맞는 사람이 있고, 안 맞는 사람이 있지. 아무리 남들이 탐내고 좋은 사람일지라도 너희와는 안 맞을 수 있어. 어떤 사람에게는 큰 문제점이지만 어떤 사람에게는 그게 그렇게 큰 문제가 아닌 맞춰나갈 수 있는 부분이라고 생각하는 사람도 있지. 너와 잘 맞는 사람을 만나면 되는 거야.

누군가를 사랑할 때는 너 자신에 대해 알고, 너와 잘 맞는 부분이 무엇인지 알아채는 게 중요해. 또한 그 사랑을 지속하기 위해 상대방 때문이 아닌 너를 위해 변화한다면 분명 상대방도 좋은 방향으로 변화할 거로 생각해. 안 맞는 것을 억지로 끼워 맞추지 말고 인정하고, 흘려보낼 수 있다면 자연스럽게 흘려보냈으면 해. 사람은 고쳐 쓰는 게 아니니까.

3.

이별 때문에
힘든 시간을 보내는 너에게

행복했던 연애가 끝나고 힘든 이별의 시기는 누구에게나 찾아온단다. 직감이라는 게 참 무섭지. 부정하려고 해도 현실이 돼버리니까. 만나면 항상 손을 잡던 그가 더는 내 손을 잡지 않을 때, 친구들 보는 것보다 날 보는 것을 더 좋아했던 그였는데 어느 순간 친구들 약속 때문에 내 약속을 미룰 때, 다정했던 말투가 가끔 날 선 말로 나를 대할 때, 연락이 잘 되지 않을 때 등등 연인은 시그널을 주지만 나는 아닐 거야, 요즘 바빠서 그럴 거야, 나를 편하게 생각해서 그럴 거야, 온갖 정당화를 갖다 붙여 현실을 외면하려고 하지. 그러다 이별을 맞닥뜨렸을 때 배신감과 절망, 다시 그때로 돌아갈 수 없다는 좌절감, 그리움 등으로 힘든 시기를 맞게 된단다.

"이별의 아픔 속에서만 사랑의 깊이를 알게 된다."

-조지 앨리엇-

우리는 이별을 했을 때, 내가 그 사람을 얼마나 사랑했었는지 알 수 있어. 사랑의 깊이가 깊을수록 이별의 아픔은 오래가고 나를 힘들게 하지. 선생님도 돌이켜보면 첫사랑과 헤어질 때가 가장 힘들었던 것 같아. 남자 친구는 군대를 가야 하는 상황이었고. 불안한 감정 때문에 힘들어했었어. 선생님에게 확신을 받고 싶었지만, 선생님은 남자 친구에게 확신을 주지 못했어. '줄 듯 말 듯 남자 마음을 애태워야 사랑은 더 깊이 지속된다.'라는 인터넷에 떠도는 신빙성 낮은 정보를 나의 연애에 대입시키려고 했지. 남자 친구는 내 모습에 실망해 연락이 두절되었고, 끝끝내 우리는 헤어지게 되었어. 처음이었던 달콤한 연애에 빠져 나는 이별이 이렇게 힘든 건지 몰랐어. 사람의 눈물이 이렇게 많이 날 수 있는지를 느낄 정도로 선생님은 매일 눈물바다로 하루를 보냈단다. 어떤 날은 강의를 듣다가 어느 순간 강의실 전체가 남자 친구의 냄새로 바뀌는 거야. 그래서 강의 내내 눈물을 흘렸던 적도 있었고, 장을 보고 집에 돌아오는데 남자 친구가 생각나서 길에 앉아 펑펑 운 적도 있었단다. 그 사람이 나에게 이렇게 소중한 사람이었다니. 왜 나는 잘해주지 못했던 걸까. 왜 관계를 지속할 수 있도록 노력하지 않았던 거야. 자책과 후회감으로 하루하루를 살았어.

　친언니와 친구들은 말했어. 시간이 다 해결해 준다고. 선생님은 이별 당시 그 말이 가장 듣기 싫었어. 난 지금, 이 순간이 가장 힘든데. 이 순간을 벗어나고 싶은데. 시간이 지나기만을 바라야만 끝나는 이 상황이 너무 싫었어.

　그러다 어느 날, 남자 친구와 헤어졌다고, 나 지금 너무 힘들다고 처음으로 엄마 앞에서 펑펑 운 적이 있었어. 엄마는 나를 쳐다보시더니 별것도 아닌 것에 운다고 공부나 하라고 나를 나무라셨어. 항상 감정을 억제하며 살아왔지만, 그날은 엄마에게 내 감정을 처음으로 표현했는데 공감을 해주지 않는 엄마가 너무 미웠어. 나중에 알게 된 거지만 어머니는 아버지가 첫사랑이어서 한 번도 이별을 경험해보지 않았던 거야. 중년의 여성에게 사랑은 사치라고 생각했을 것 같아. 어른이 되면 먹고사는 게 힘들어 사랑이란 감정 따윈 아무것도 아닌 것처럼 느껴질 테니까. 그렇게 모든 사람이 나의 고통을 이해해 주지 않는다고 생각했어. 온전히 혼자 다 감당해야 했지.

혹시 예전의 나처럼 너희들도 그런 터널의 시간을 지나고 있니? 선생님이 옆에 있다면 우선 너희를 꼭 안아주고 싶어. 너는 최선을 다했다고. 사람의 인연은 노력으로 이어지지 않는다고. 인연이 거기까지여서 이렇게 된 거라고 말해주고 싶어. 네 잘못이 아니야. 네 사랑이 부족해서 그런 것도 아니야. 인연이라는 것은 참 신기하단다. 내가 아무리 노력해도 붙잡을 수 없고, 내가 노력하지 않아도 내 옆에 있어주는 사람이 있단다. 누구에게나 시절 인연은 있는 거야. 그 사람도 네 인생의 한 페이지를 장식했던 사람이었고, 그 페이지를 추억이라는 저장소에 담아두고 좋은 기억만 남겼으면 좋겠구나.

혹시 떠나간 연인을 다시 붙잡고 있니? 애석하게도 다시 붙잡는다고 그 사람의 마음을 돌릴 수 없고, 만약 돌린다고 해도 관계를 지속하긴 힘들어. 한 번 이별을 내뱉었으면 상대방이나 너나 상처가 된단다. 두터웠던 신뢰가 눈처럼 살살 녹아버리고 말았단다. 깨진 그릇을 다시 붙인다 해도 금이 가 있는 것처럼 예전처럼 그 모습으로 돌아갈 수 없고, 조그마한 자극에 또 깨져버리곤 한단다. 그 시간이 서로에게 큰 상처가 되고, 시간을 낭비하게 될지도 몰라. 서로에게 잘 맞는 사람을 만날 시간을 모조리 빼앗아 가버릴지도 모른단다.

깨진 사랑을 다시 붙이려고 노력하지 않았으면 하는구나. 강물에 떠다니는 종이배처럼 그냥 흘러가게 내버려뒀으면 해. 연애 때문에 미뤄뒀던 취미 생활이나 자기 계발을 하고 새로운 자극을 너에게 선물했으면 한다. 여행을 떠나보는 것도 좋은 방법이야. 지금 현재 상황에서 한 발짝 떨어져서 벗어나고, 그 상황을 멀리서 지켜보면 냉정하게 바라봐지고 극복할 힘이 생기거든. 울고 싶을 때는 마음껏 울었으면 한다. 감정을 그렇게 쏟아내야 또 다른 좋은 감정이 다시 너희들 마음에 들어올 수 있거든.

남자 친구와의 추억으로 힘들다면 생각을 해도 좋아. '그래, 그때 참 나 행복했는데.', '그때 나 남자 친구 많이 좋아했구나.'라고 말이야. 하지만 그 때로 돌아가고 싶어. 내가 그때 왜 그렇게 말하고 행동했지? 자책은 금물이란다. 예전 추억을 상기하며 사진첩을 들춰보듯이 좋았던 추억만 생각했으면 좋겠다. 헤어지고 나면 남자 친구를 미화하기도 한단다. 너의 잘못만 들여다보고 남자 친구의 잘못은 생각 못 할 때가 있지. 남자 친구의 단점보다는 장점만 돋보기처럼 크게 보는 거야. 남자 친구도 너에게 잘못한 부분이 있고, 힘들게 했던 부분이 있어. 그걸 꼭 기억했으면 좋겠구나. 그래서 우리는 이렇게 인연이 끝난 거로 생각했으면 해.

추운 겨울이 언제 끝나나 했지만, 다시 꽃피는 계절인 봄이 오지. 너희도 지금 그런 시기를 겪고 있는 거야. 너의 삶에 집중하고 있으면 또 다른 인연이 너에게 나타난단다. 그리고 그에게서 설렘이라는 감정을 느끼고 그를 알아보고 싶고, 함께 시간을 보내다 보면 사랑이라는 감정이 싹트지. 그렇게 너희들은 다시 사랑을 하게 되는 거야. 언제 내가 그렇게 힘들었냐고 할 정도로 너희들은 행복의 겨워서 날마다 즐거운 시간만 보내게 될 거야. 그러니 이별 때문에 너희를 갉아먹지 말고, 충분히 네 감정을 표출하고 다독일 수 있는 시간을 보내길 바란다.

4.
한 번도 상처받지 않은 것처럼
사랑해라

춤추라, 아무도 바라보고 있지 않은 것처럼.

사랑하라, 한 번도 상처받지 않은 것처럼.

노래하라, 아무도 듣고 있지 않은 것처럼.

일하라, 돈이 필요하지 않은 것처럼.

살라, 오늘이 마지막 날인 것처럼.

-알프레드 디 수자-

선생님이 좋아하는 시란다. 매 순간 최선을 다하라는 메시지처럼 너희들도 사랑을 할 때, 이 말을 명심하면 좋겠구나. 사실 선생님은 그러지 못했어. 그래서 후회가 남는단다.

첫사랑과 군대 문제로 헤어지고 방황을 많이 했지. 몇 번의 썸이 있었지만, 첫사랑이 계속 생각났고 사귄다 해도 오래가지 못했어. 그렇게 대학을 졸업하고 한창 취업 준비로 바쁜 나날을 보내고 있는데 첫사랑에게 연락이 왔어. 이제 제대가 얼마 안 남았다는 내용이었지. 군대에 있는 동안 네가 많이 그리웠다고 제대하면 보자는 거야. 처음에는 무척 기뻤어. 그 애도 나랑 같은 마음이었다니. 다시 시작할 수 있다는 희망이 보였지. 몇 번의 전화가 오간 후, 우리는 약속을 잡았어.

　그날, 나는 평생 후회될 행동을 하게 됐어. 그 애와 헤어지고 엄청 힘든 시간을 보냈던 기억이 떠오르는 거야. 지금은 좋지만, 또 사귀게 된 후 홀연히 그 애가 사라진다면 난 또 그 힘든 시간을 보내야 한다는 생각에 두려운 마음이 들기 시작했어. 그럴 바에 애초에 시작하지 않는 게 낫지 않겠느냐는 생각에 오늘 못 간다는 문자를 보내고 다신 상처받기 싫어, 미안하다며 끝을 냈지. 그때 당시에는 내가 잘한 선택이라고 생각했어. 남자보다는 내 커리어에 신경을 쓰자고 마음을 잡았지. 근데 시간이 흐르면 흐를수록 내 선택이 후회되는 거야. 가장 순수했던 시절에 진심으로 그 애를 좋아했는데, 어른이 될수록 그런 사랑을 하는 게 쉽지 않았어. 그날 내가 그 자리에 나갔으면 어땠을까? 우리는 새로 시작했고 사랑을 나눠겠지. 물론 결혼까지 가기는 힘들었겠지. 똑같은 이유로 우리는 헤어졌을지도 모르지. 그래도 그때 저 시처럼 한 번도 상처받지 않은 것처럼 그 애에게 내 진심을 보여주고, 아껴주었다면 지금까지 후회로 남지는 않았을 거야.

〈이터널 선샤인〉이라는 사랑에 관한 영화가 있단다. 주연인 조엘(짐 캐리)은 클레멘타인(케이트 윈슬렛)과 연인 관계였단다. 하지만 둘은 서로에게 상처만 남기고 이별을 하게 되지. 클레멘타인은 이별의 고통이 심해서 조엘과 나눴던 사랑의 기억을 모두 지우고 싶어 했어. 그래서 기억을 지워주는 '라쿠나'로 가서 기억을 지워버리지. 클레멘타인이 자신을 알아보지 못하는 것을 보고 충격을 받은 조엘은 라쿠나의 존재를 알게 되지. 자신도 조엘과 똑같이 기억을 지우려고 라쿠나에서 기억을 지워버리는 시술을 받게 된단다. 시술 도중, 잘못된 선택이라는 것을 뒤늦게 깨닫고 기억을 지워버리는 것을 멈추고 싶어 했어. 하지만 방법이 없었단다. 조엘의 무의식은 알았던 걸까. 기억을 지워버린 후, 클레멘타인을 만났는데 그녀와 사랑에 빠질 것이라는 직감으로 그녀에게 다시 다가간단다. 영화에 이런 대사가 있었어.

"지금은 모르겠지만, 언젠가 나의 단점을 찾아낼 거고, 난 네가 언젠가는 지겨워지고 헤어지게 될 거야. 그래서 우린 시작하면 안 돼."

그걸 알면서도 다시 시작하는 조엘과 클레멘타인을 보면서 사랑의 힘은 대단하다는 생각을 하게 되었단다. 물론 똑같은 결말이 될지라도 누군가에게 끌리고, 사랑한다는 것은 막을 수 없는 일이라는 것을 느꼈단다.

너희도 그런 사랑을 해봤으면 해. 선생님처럼 과거 기억에 갇혀 겁쟁이처럼 누군가를 만나 시작하는 것이 두렵더라도 일단 시작을 해봤으면 한다. 헤어진 연인과 같은 문제로 헤어질 걸 알면서도 〈이터널 선샤인〉의 주인공들처럼 사랑의 감정이 크다면 그냥 시작해 봤으면 해. 한 번도 상처받지 않은 것처럼 상대방에게 아낌없이 너의 사랑을 보여줬으면 하는구나. 그때는 사랑의 감정을 아끼지 말고 상대방에게 퍼주었으면 좋겠어. 보고 싶으면 보고 싶다고 말하고, 상대방이 너를 정신 못 차리게 빠져들게 한다면 사랑한다고 표현해줘. 미안한 일이 생겼을 때는 괜한 자존심 내세우지 말고 미안하다고 말해주고, 상대방이 행복해하는 표정이 너를 설레게 만든다면 그런 행동을 많이 베풀며 사랑했으면 하는구나. 나중에 설사 그 사랑이 깨진다고 해도 너는 아낌없이 다 줬기 때문에 후회가 덜 할 거야. 네가 할 수 있는 것을 다 했는데 그 이상 할 수도 없을뿐더러 미련이 남을 수가 없지. 그렇게 소중한 인연이 다가온다면 주저하지 말고 마음껏 사랑했으면 하는구나. 나중에 그 기억들이 자양분이 돼서 너를 성장시키고, 너희는 사랑을 줄 수 있는 사람으로 커갈 거야. 너희들의 순수한 마음이 상대방에게 그대로 전해져 사랑을 주고받는 관계가 되길.

5.
가장 자연스러운 너일 때
사랑은 시작되는 거야

요즘 너희 세대에서 플러팅이라는 말이 유행하고 있더라. 마음에 드는 상대방을 유혹하려는 목적으로 하는 행위를 보고 "오~ 너 지금 나한테 플러팅하는 거야?"라는 말을 내비쳐 상대방의 의중을 떠보기도 하지. 마음에 드는 상대방에게 적극적으로 마음을 표현하는 것은 좋은 부분이라고 생각해. 하지만 뭐든 과하면 안 된다는 생각이 들어.

상대방에게 잘 보이고 싶어서 상대방이 원하는 이상형에 들어맞으려고 노력하고 있지 않니? 편한 옷을 좋아하는 너인데 불편한 원피스를 입는다든가, 과묵한 남자를 좋아한다는 여자애의 말을 듣고 일부러 가식적인 모습으로 다가가고 있다든가. 고급스러운 시계, 차로 그녀의 마음을 사로잡으려고 하는 사람들도 있지. 자기 얼굴이 이성에게 어필이 안 된다는 이유로 성형을 하는 사람도 있어.

이성에게 인기 많은 것은 나를 돋보이게 만들지. 내가 좋아하는 이성에게 다가가기 쉬울 확률도 높아지지. 그래서 사람들은 자기 외모에 신경 쓰고, 플러팅 기술을 배워서 자신을 더욱 매력적으로 보이게 하려고 노력하나 봐. 선생님 역시 그랬단다. 이성에게 최대한 여성스러운 모습을 보여주고 싶었고 언제나 완벽한 모습으로 만나길 원했어. 조금이라도 초라한 모습으로 만나면 자신감이 떨어지곤 했지. 나의 단점은 최대한 상대방이 몰라주길 바랐어. 그래야 더 사랑받고 여자로서 매력이 올라간다고 생각했지. 하지만 내 모습을 감출수록 상대방은 내 내면의 모습을 보고 싶어 하기보다 자신이 바라보는 나의 이미지상을 나라고 착각했단다.

내가 처음 만나기 전 모습보다 살이 쪘으면 예전의 네가 그립다고 말하고, 본연의 내 모습이 가끔 튀어나올 때는 깬다는 말을 듣기도 했어. 나라는 사람과 그 사람이 생각하는 나는 달랐지. 그런 이질감 때문인지 연애가 오래가지 못했어. 그 사람의 기준에 맞추려면 내가 너무 힘들었거든. 나 역시도 마찬가지였던 것 같아. 어떤 남자가 내 마음을 사로잡으려고 항상 좋은 모습만 보여주곤 했지. 과할 정도로 나에게 잘해주고 칭찬해 주고 좋은 곳에 데려가고 매너 있게 대했지. 나는 그 사람이 원래 그런 사람인 줄 알았어. 하지만 그 사람을 만나고 편해지면서 깨달았지. 내가 생각했던 사람이 아니구나. 실망이 두 배로 되고, 호감의 감정도 빠르게 식어가더라.

요전날, 유튜브를 보고 있는데 어떤 커플이 나왔어. 여성분이 남성에게 갈치구이를 해줬는데, 하나하나 발라주더라고. 그것도 모자라서 남성의 손발톱을 정리해주고, 양말까지 신겨주었어. 여성분은 말했어. 사랑하는 남자에게 이렇게 해줄 수 있다는 것에 자기는 큰 행복을 느낀다고. 우리가 생각하는 여느 보통의 연인 모습과는 달랐지만, 갑과 을의 사랑이 아니라 그 둘은 서로를 진심으로 사랑했어. 어떤 남자는 여자 친구의 그런 모습이 당연하다고 생각해서 막 대하는 사람이 있겠지만 그 여성분의 남자 친구는 항상 고맙다는 말을 하고, 여자 친구가 좋아하는 깜짝 이벤트를 해주면서 고마운 감정과 사랑의 감정을 표현했단다. 나는 그 둘이 정말 잘 만났고, 천생연분이라고 생각했어.

한번 주위의 연인들을 둘러보렴. 남자는 우리가 생각하는 남성적인 매력이 있고 다정하고 멋있는 사람이 많니? 여자는 예쁘고 여성스럽고 항상 밝은 모습이니? 우리가 생각하는 이상적인 이성의 모습과는 다른 연인들이 많을 거야. 어떤 커플은 남자가 소심하고, 남자답지 못하다는 이미지가 있지만 반대로 여자 친구는 적극적이고, 남자 친구를 휘어잡는 매력으로 서로를 사랑하게 되지. 또 어떤 여자는 남자들에게 인기가 없어 외로웠지만, 자신의 따뜻한 내면을 먼저 알아봐 주고 오랜 시간 서로에 대해 알아가면서 깊은 사랑에 빠지게 되는 커플도 있단다. 이성적 매력이 많다고 다 좋은 남자를 만나는 것이 아니고, 좋은 여자를 만나는 것이 아니야. 물론 좋은 사람을 만날 확률이 높아지겠지만, 진정으로 나 자신을 있는 그대로 봐주는 사람을 만나는 것은 참으로 힘든 일이야.

혹시 자기 자신보다 외모도 출중하고, 능력도 있고, 성격도 좋은 사람을 찾고 있니? 만약 그런 사람을 만난다고 해도 너 역시 그 사람에게 맞는 사람이 되어야 해. 세상에 절대 공짜는 없단다. 자신은 아무런 노력 없이 백

마 탄 왕자가 나타나는 것은 드라마에서나 벌어지는 일이야. 남자가 돈을 많이 벌면 시간이 없어 너와 시간을 자주 보내지 않고, 뭐든 돈으로 해결할 수도 있지. 예쁜 여자는 그 외모를 유지하기 위해 자기 자신에게 투자해 줄 사람이 필요하고 남자는 그 여자를 위해 돈에 허덕이며 살 수도 있겠지. 뭐든 하나를 얻으려면 하나를 버려야 한단다. 다 가진 사람은 많지 않지.

선생님은 너희가 가장 자연스러운 너일 때, 너희들을 진정으로 사랑해주는 사람을 만났으면 하는구나. 첫 만남에서 이성이 좋아하는 플러팅을 남발하기보다 꾸밈없는 진정성 있는 너의 모습을 보여주었으면 해. 물론 그렇다고 동네 앞 편의점에 갔다 온 것처럼 민낯에 후줄근한 모습을 보이라는 것은 아니야. 최소한 깔끔한 이미지를 보여줘야 호감이 생기겠지.

마음에 드는 사람이 나랑 의견이 다르다고 해서 그 이성에게 맞춰주기보다 서로의 다름을 인정하고 너의 의견을 말했으면 하는구나. 신기한 게 나와 잘 맞는 사람은 의견이 다르더라도 그 모습도 멋지게 봐주고, 내가 숨기고 싶은 나의 단점도 귀엽게 봐주는 경우가 많더라. 사람은 여러 경험과 생각, 신념으로 자아를 만들어. 복잡하지. 그래서 나와 똑같은 생각을 하는 사람을 만나기는 어려워. 하나부터 열까지 딱 맞는 사람은 이 세상에 없어. 하지만 10개 중 6~7개가 맞는 사람은 있단다. 나와 비슷한 환경, 생각이 같아 톱니바퀴가 조금씩 돌아가듯 서로의 퍼즐을 맞추며 사랑을 하지. 상대의 마음에 안 드는 모습이 있더라도 좋은 부분이 더 많으니 그 사랑은 영원할 수가 있는 거야. 미흡한 부분은 덮어주고, 내가 이해하고, 좋은 부분을 더 확대해서 볼 수 있는 사람이 되었으면 하는구나.

　사랑을 시작하기 전, 이 말을 명심했으면 해. 가장 자연스러운 너일 때, 진짜 사랑은 시작되는 거야.

6.
동거 문제로
망설이고 있다면

  연애가 무르익기 시작하면 연인은 항상 같이 있고 싶어 하지. 헤어질 때가 가장 아쉬워 집 앞을 몇 번이나 왔다 갔다 하면서 시간을 끌며 영화에 나왔던 유명한 대사가 나올 때가 있어. "라면 먹고 갈래?"

  다들 그런 경험 한 번쯤은 있지 않니? 부모님과 같이 살면 덜하지만, 자취하는 연인이라면 어느 순간 동거를 생각해 보는 때가 있을 거야. 이렇게 서로의 집을 오가며 있을 바에는 월세도 아끼고, 매일 볼 수 있고, 데이트 비용도 절약돼서 동거하는 게 더 이익이라는 생각이 들기도 하지. 해외에 가면 동거의 유혹에 빠지기 더 쉬워. 외로운 낯선 땅에서 서로 의지하고 싶은 마음이 더 커지니까.

  통계청에 의하면 2008년에는 혼전 동거에 동의하는 비율이 42.3%였는데, 2022년에는 65.2%로 증가하는 추세라고 하는구나. 동거가 많이 보편화되었어. 주위에 둘러보면 동거하는 커플들을 꽤 만날 수 있잖니. 정부에서도 저출산 문제로 동거하는 커플들을 위해 세금 감면, 복지 혜택을 늘리겠다고 하고 있어. 사회 전반적으로 동거하는 것을 독려하는 추세야. 그래서 사람들이 예전보다 더 동거에 대해 쉽게 생각하는 것 같아. 사회는 빠르게 변하고 그것에 맞게 적응하는 것도 필요하지만 우려스러운 부분이 있어.

연인과 동거를 하고 싶다는 생각이 드는 것은 상대방과 결혼까지 생각하는 거겠지. 일주일에 몇 번 만나는 것으로 그 사람에 대해 다 알 수 없잖아. 같이 살아보면서 이 사람과 정말 내가 잘 맞는지, 내가 모르던 부분이 있는지 결혼 전에 알고 싶을 거야. 그 사람에 대해 잘 알지 못하고 덜컥 결혼했다가 잘 안 맞았을 때, 이혼하기는 더 힘드니 동거를 먼저 하는 게 현명한 선택이라고 생각할 수도 있을 것 같아.

하지만 선생님은 그 정도 마음이라면 결혼에 대해서도 다시 한번 생각해 보는 게 좋다고 생각해. 결혼은 평생을 함께하고 힘든 일, 어려운 일이 있어도 서로에게 힘이 돼주고 행복하게 살기 위한 약속이야. 동거를 통해 살아보고 안 맞으면 다시 생각해 볼 정도의 문제가 아니라고 생각해. 그 마음이 들었다는 것은 상대방에 대한 확신이 없기 때문이야. 정말 이 사람과 결혼하고 싶다는 마음이 들면 그런 생각조차도 들지 않아. 이 사람 말고 다른 누군가와 산다는 것은 상상도 안 되고, 내 평생 이 사람에게 헌신할 각오가 될 마음이 있을 때 결혼을 결심해야 하는 거야.

내가 생각했던 그 사람이 아니어서 동거하다 헤어지고, 또 다른 연인을 만나 동거를 시작했는데 또 그 사람과도 맞지 않아 헤어짐을 반복해. 그렇게 반복하다 보면 정말 나와 잘 맞는 사람을 만날 수 있을까? 정말 결혼을 생각할 정도로 사랑하는 사람을 만났는데, "나는 동거 경험이 몇 번 있어." 라고 당당하게 말할 수 있을까? 반대로 결혼을 결심한 그 사람이 난 과거에 동거했다고 말한다면 나는 과연 진심으로 받아줄 수 있을까? 결혼 생활 동안 그 사람의 동거에 대해 생각 안 할 자신이 있는지 고민을 해봐야 할 문제야.

동거는 사실혼으로 법적으로 등록만 안 될 뿐이지 결혼 생활을 한 것과 다름이 없어. 선생님은 나중에 너희가 배우자에게 당당했으면 좋겠어. 동거를 자신 있게 밝힐 수 있고, 그걸 허용해 줄 배우자를 만날 수 있다고 생각한다면 동거가 전혀 문제가 되지 않아. 하지만 시부모님이나 너희 부모님, 상당수 배우자의 조건을 깊게 고민하는 사람이라면 동거를 큰 문제로 생각할 수 있어.

정말 이 사람과 진지하게 결혼을 앞둔 상태에서의 동거는 괜찮지만, 그 전에 가벼운 마음으로 동거를 시작하는 것은 잘 고민해 봐야 해.

처녀 때 선생님은 동거하는 것을 나쁘게 보지 않았어. 어쩌면 현명한 선택이라고 생각했지. 동거하는 친구들도 심심치 않게 봐왔으니 자연스러운 문화라고 생각했어. 하지만 결혼을 하고 아이를 낳아보니, 생각이 바뀌게 되었어.

정말 결혼을 결심할 남자를 만나게 되면, 동거하고 안 하고에 따라 그 사람을 다 알 수 있는 게 아니더구나. 사귀고 있는 와중에도 분명 힌트가 있어. 단지 내가 사랑하는 마음이 커서 그 힌트를 모르고 지나치거나 쉽게 생각하고 있을 뿐이지. 그러니 결혼을 결심한 상대가 있다면 동거보다는 여러 가지 테스트를 통해 너의 마음을 들여다보는 시간을 가졌으면 해. 예를 들어 힘든 여행을 떠나서 극한의 상황이 되었을 때, 상대방이 어떻게 대처하는지에 따라 그 사람 인품을 알 수 있어. 잘 싸우지 않는 커플이라면 싸울 거리를 만들어보는 것도 좋아. 크게 싸웠을 때, 어떻게 행동하고 말하는지에 따라 그 사람의 현명함을 엿볼 수 있지.

상대방에 대한 테스트도 좋지만, 너를 위해 테스트도 했으면 좋겠어. 나는 이 사람을 위해 얼마나 희생할 수 있는지, 그 사람의 안 좋은 부분을 다 안고 갈 수 있는지, 이 사람이 가진 것을 다 잃어도 나는 헤쳐 나갈 힘이 있는지, 부모님 반대에도 이 사람을 믿고 함께 살아갈 자신이 있는지에 대한 고민을 해봤으면 해. 그런 고민이 동거하는 것보다 어쩜 더 현실적이고, 실패 없는 결혼 생활을 위한 방법일 수 있어.

후회 없는 선택은 본질을 생각하는 거야. 연인이 원해서, 친구들도 하니까, 사회적으로 동거에 대해 개방적이니까 등등 환경에 휩쓸리기보단 너희들 마음속을 잘 들여다봤으면 좋겠어. 나는 동거를 원하는지, 이 선택에 대해 후회 안 할 자신이 있는지, 떳떳할 수 있는지에 대해. 동거하려고 하는 목적에 대한 고민을 신중하게 했으면 해. 그런 선택이라면 나중에 안 좋은 결말일지라도 후회는 없어. 선생님은 너희 선택을 존중해.

7.
네가 생각한
그 사람이 맞아

인생이 바뀌려면 바꿔야 하는 3가지를 알고 있니? 그건 사는 곳과 만나는 사람, 하는 행동(습관)이야. 사는 곳과 나의 행동은 나의 의지로 얼마든지 바꿀 수 있지만 한번 인연을 맺은 사람은 끊기가 쉽지 않아. 특히 결혼한 상대는 말이야. 그래서 사람을 잘 볼 줄 알고, 잘 선택해야 해. 이번 장은 배우자 선택 시 중요하게 보아야 할 점에 관해 이야기하려고 해.

결혼은 신뢰를 바탕으로 시작하고, 그 신뢰가 깨지면 결혼 생활이 파탄이 나거나 힘들어질 수 있어. 그래서 항상 사람을 볼 때 신뢰적인 부분을 염두에 둬야 해. 결혼 생활에서 신뢰적인 부분은 크게 경제적인 부분과 바람이야. 이 부분을 속였을 때, 치명적인 갈등의 소재가 돼.

만약 너희들이 알뜰하고 돈을 합리적으로 쓰는 사람이라고 한다면, 빚이 많고, 돈을 펑펑 쓰는 배우자와는 살기가 힘들어. 그만큼 경제적인 습관이나 돈을 다루는 가치관에 큰 갈등이 생긴단다.

결혼 전에 무조건 수입과 채무가 있는지 알아보는 게 중요해. 간혹 경제적인 부분을 등한시하는 사람이 있어. 왠지 돈과 관련된 이야기를 꺼내면 상대방에게 속물처럼 보일까 봐 염려돼서 그런 거겠지. 근데 자기의 벌이와 씀씀이에 당당한 사람은 절대 너희를 속물처럼 보지 않아. 어쩌면 더 현명하게 볼 수 있어. 구체적으로 자산 현황에 대해 말하는 사람은 그만큼 능력에 자신이 있고, 너희에게 잘 보이고 싶어 더 밝히면 밝혔지 속이지 않아. 오히려 너희들 몰래 유흥이나 헤픈 씀씀이로 빚을 진 사람은 경제적인 것에 관해 물어보면 화를 내거나 숨기려고 하지. 그러니 결혼 전에는 꼭 서로의 경제적인 부분은 알려주는 것이 좋아. 단 빚이 있다고 그 사람을 안좋게 보지 않았으면 해. 어쩔 수 없는 상황에서 진 빚은 이해해 줘야지. 네가 감당할 수 있는 빚인지 생각해 봤으면 해. 그리고 상대방이 그 빚에 대해 경각심을 가지고 어떻게 상환해 나가는지 행동을 유심히 봤으면 좋겠어. 빚은 둘이 마음이 맞고 사랑만 있으면 얼마든지 갚을 수 있어. 나는 열심히 빚을 갚으려고 노력하는데, 과소비하는 배우자를 볼 때나 나 몰래 또 빚을 졌을 때 갈등이 생기는 거야. 같이 합심해서 빚을 갚으면 관계가 더 끈끈해질 수 있단다.

데이트할 때, 너에게 돈을 펑펑 쓰는 사람에게 혹하지 않았으면 좋겠어. 아무리 돈 많은 사람이라도 자신의 재정 상태에 맞게 돈을 쓰는지 잘 볼 필요가 있어. 잘나가는 사람도 어떤 위기가 와서 파산될지 모르는 게 인생이야. 돈이 있든, 없든 자신의 상황에 맞춰서 합리적으로 돈을 쓰는 사람인지를 잘 파악해야 해.

혹시 연애 중인데, 상대방이 딴 이성과 연락하고 만나서 너희에게 들킨 적이 있니? 상대방은 말해. 한순간의 실수였다고. 정말로 사랑하는 사람은 너인데 내가 한순간 머리가 돌아서 그랬다고 너희를 설득하고 있니? 그런 이성은 가차 없이 정리하는 게 좋아. 조상님이 내 인생을 구하셨다고 오히려 감사해야 할 일이야. 어떠한 바람도 한순간으로 이뤄지는 것은 없어. 처음 본 사람과 좋아한다고 해서 사귀는 사람 봤니? 그런 사람이면 애초에 말할 필요도 없고, 바람을 피우기까지 그 둘은 감정적 교류를 분명히 했어. 서로 만나고 연락하면서 애인을 기만하는 행동을 했어. 그리고 그걸 즐겼지. 그 상황에서 너희에게 발각된 거야. 너희들이 알아차리지 않았다면 아슬아슬한 그 상황을 즐기며 아무런 양심의 가책 없이 너희를 대했겠지.

'아니야. 그 사람은 나를 진심으로 사랑했어.'라며 현실을 외면하지 않았으면 해. 한 번 바람난 사람은 절대 한 번만 하지 않아. 다른 이성이 유혹하면 바로 넘어가서 또 너희들에게 상처를 줄 거야. 지고지순한 사람은 다른 이성에게 관심이 없어. 자신의 인생과 사랑하는 연인에게만 관심을 두지. 만약 다른 이성이 자신에게 대시해도 선을 확실히 그어. 절대 여지를 주지 않아. 너에게 어떠한 이유로 변명을 하는 사람은 정리를 했으면 해.

결혼 생활을 하면서 잘 부딪히는 부분은 서로의 생활 방식이나 패턴의 문제야. 어떤 사람은 항상 집 안이 깨끗하게 정리되어 있는 것을 좋아하고, 어떤 사람은 더럽지만 않다면 청소를 느슨하게 하는 사람이 있어. 또 어떤 사람은 주말마다 밖으로 나가야 하는 외향적인 성향인 사람이 있고, 어떤 사람은 집에만 있고 싶은 집순이, 집돌이 기질인 사람이 있어. 요리하는 게 싫어서 매일 배달 음식을 먹는 사람이 있고, 건강을 생각해서 정크푸드는 먹지 않고 식단 조절을 확실하게 하는 사람도 있지. 이렇게 사람은 각자 살아온 방식이 있어. 생활 패턴이 같은 사람을 만나면 금상첨화겠지만 끌리는 것은 항상 나와 반대되는 사람이지. 이 부분은 서로의 포용력에 있다고 봐. 상대방의 생각과 생활 방식을 인정해주고, 터치하지 않고 배려해주고 같이 규칙을 지킨다면 큰 문제가 되지 않아. 독립적인 한 인격체를 존중해주는 거지.

내가 너희들에게 해주고 싶은 말은 성인이 돼서 부모님 밑에서 계속 산 사람보다 독립한 경험이 있는 배우자를 더 고려했으면 한다는 거야. 경제적인 부분과 정서적인 부분이 부모님과 확실히 독립된 사람은 자주적인 삶을 살아. 그래서 가정을 꾸렸을 때도 그 부분이 빛이 나는 경우가 많지. 가스비, 전기료 등을 절약하는 방법을 알고, 스스로 음식을 해 먹을 수 있고, 자기가 사는 공간을 청소하고, 가족과의 갈등을 어떻게 대처해야 하는지 알고, 비록 1인 가구지만 가장답게 가정경제를 책임진 경험이 있는 사람은 자기의 가정도 잘 꾸려나갈 능력이 있어. 의존적인 사람보다 독립적인 사람을 만나야 서로를 이해하고 책임감 있게 가정을 지킬 수 있어.

마지막은 미처 생각 못 하는 부분일 수 있어. 우리나라 이혼의 원인 중 가장 높은 요인이 뭔지 아니? 그건 바로 성격 차이야. 그 속을 더 들여다보면 성적 차이가 커. 사랑하는 사람을 만나 가정을 이뤘다는 것은 평생 사랑의 표현을 해야 한다는 거야. 그게 말과 행동일 수 있고 행위일 수 있지. 우리는 사랑하는 사람에게 다양하게 내 마음을 표현해. 그중에 부부 관계는 중요한 문제지. 어떤 사람은 부부 관계도 서로의 마음만 있다면 극복할 수 있다고 말해. 사랑의 지속성과 크기가 어떠냐에 따라 달라질 수 있겠지만, 절대 쉬운 문제는 아니야. 한평생 성적인 취향과 횟수 등이 달라 고통받는다면, 그 관계는 제대로 잘 이어질 수 있을까. 어떤 커플은 다른 것은 다 잘 안 맞는데, 부부 관계는 잘 맞아서 잘 사는 경우가 있어. 또 어떤 커플은 다른 것은 다 잘 맞는데, 부부 관계 때문에 이혼을 생각하는 경우도 있지. 이렇게 부부 관계는 결혼 생활과 떼려야 뗄 수 없는 중요한 문제야. 결혼하기에 앞서 나는 이 사람과 건강하고 행복한 부부 관계를 할 수 있는지에 대해서도 생각해 봤으면 해.

모든 문제는 일이 발생하기 전, 전조 증상이 있어. 분명 너는 그 사람에 대해 알고 있어. 앞으로 이 문제가 어떤 결과를 초래할지 알지만, 사랑에 눈이 멀어 혹은 정 때문에 애써 부인하고 있을 수 있어. 20대는 조그마한 일에도 잘 흔들리지. 그래서 정확한 눈과 이성으로 그 상황을 보기가 쉽지 않아. 주위 사람들의 "그 사람 괜찮다.", "넌 복 받았다.", "그 정도면 괜찮은 조건이지."라는 말 때문에 내가 느끼는 것을 애써 부정할지도 몰라. 하지만 사람들은 너의 연인에 대해 속속들이 몰라. 잘 아는 것은 다른 사람이 아니고 너야. 네가 애써 부인하고 있는 부분이 네가 생각한 그 사람이 맞아. 하나를 보면 열을 안다고 그 사람의 언행 중에 걸리는 부분을 무시하지 않았으면 해. 인생에서 가장 중요한 선택의 순간에 진실을 외면하지 말고 어떠한 파장이 와도 그 상황을 직시했으면 해. 설사 그게 파혼이어도.

선생님은 결혼하기 전, 마음을 다잡고 싶어 법륜 스님의『스님의 주례사』를 본 적이 있어. 스님은 어떠한 사람을 만나도 나의 업이라고 생각하고 그 사람을 이해하고, 내가 달라져야 한다고 말했어. 어릴 때는 그 말이 와닿지도 않고, 스님이 결혼을 안 해봐서 그런가 보다고 생각했었어. 하지만 이제는 알겠어. 모든 문제의 근원도 나고 해결할 수 있는 사람도 나라는 것을. 나중에 설령 배우자의 흠을 보았을 때, 그 배우자를 탓하지 않았으면 해. 배우자의 단점을 제대로 보지 못하고 섣불리 판단했던 내 자신의 문제였다는 것을 알았으면 해. 그런 상황까지 가지 않도록 현명하게 사람을 볼 줄 알고, 사사로운 감정에 휩쓸리지 않는 너희들이 됐으면 좋겠어.

8.
나를 알지 않으면
결혼은 위험할 수 있어

우리는 살아가면서 다양한 사람을 만나지. 가족은 태어날 때부터 정해진 거라 선택할 수 없지만 다른 인간관계는 우리가 선택해서 사람을 만날 수 있어. 곁에 어떤 사람이 있느냐에 따라 인생이 힘들어질 수도 있고 행복해질 수도 있단다.

인생을 살아가면 큰 선택을 하게 되는 날들이 있을 거야. 선생님은 그 선택 중에서 결혼이 가장 큰 부분을 차지한다고 생각해. 어떠한 배우자를 만나느냐에 따라 인생이 내가 의도하지 않아도 확 바뀔 수 있거든.

인생 일대의 가장 큰 문제이기도 한 결혼을 젊은 날에는 쉽게 간과를 하거나 내 의견보다 주위 휩쓸림에 선택하는 실수를 할 수도 있어. 20대 때는 진로와 직업 때문에 내 경력을 쌓는 데 시간을 많이 투자할 거야. 그렇게 정신없이 일하고, 가끔 연애하면서 결혼은 먼일이라고 생각하게 되지. 그러다 결혼 적령기가 됐을 때, 두려워질 거야.

같이 놀던 친구들은 하나둘씩 짝을 만나 결혼을 하는데 내 옆에는 아무도 없거든. 부랴부랴 소개팅도 하고 이성을 만나보려고 하지만 결혼까지

가기 쉽지 않아. 결혼을 결심한다고 해도 내가 이 사람을 진정으로 사랑하는가보다 직업이나 외모, 환경, 재력, 성격 등을 보는 경우가 더 많지. 이 정도의 조건이면 괜찮겠다 싶어 나이와 부모님의 성화에 등 떠밀려 결혼하는 경우가 많을 거야. 그렇게 결혼해서 행복한 결혼 생활을 한다면 정말 좋겠지만, 막상 살아보니 배우자의 단점만 보이고 생활 패턴이 맞지 않고, 연애 때와는 다르게 서로 미지근한 온도의 태도를 보며 약간의 후회감이 밀려오기도 한단다. 그러다 아이가 생기고 육아를 하면 부부의 관계보다는 동지애처럼 서로를 이성으로 대하기보다는 누구의 엄마, 아빠로, 가족으로 살아간단다. 배우자를 사랑하냐고 물으면 "가족끼리 무슨 사랑이에요. 정으로 사는 거지.", "가족끼리는 스킨십하는 거 아니에요.", "배우자에게 큰 기대가 없어요. 하루하루 아이 키우고 일하랴 먹고 살기도 바빠요."라고 말하며 주어진 현실을 받아들이고 적응하며 산단다. 이 경우는 그나마 좋은 케이스야.

어떤 커플은 결혼하고 그 사람에 대해 알아가면서 섣부른 판단이었다는 것을 깨닫게 되지. 다시 총각, 처녀 때처럼 자유로운 생활이 그리울 거야. 서로의 다름을 인정하지 못하고 갈등이 많아지고, 편안해야 할 집이 고통의 공간이 돼버려. 이렇게 평생을 너와는 못 살겠다 싶어 이혼을 결정하고 말지. 이혼 후에는 큰 고통이 따를 거야. 아이가 있다면 더더욱 그러겠지. 새로운 사람을 만나 다시 시작하고 싶지만, 결혼 시장에서 돌싱은 처녀, 총각일 때보다 더 가혹하단다. 좋은 사람은 이미 처녀, 총각들이 채갔고, 같은 돌싱을 만나려고 해도 아이 문제나 상처 때문에 누군가를 만나거나 결혼하는 게 더 쉽지 않게 돼. 그때 돼서야 왜 이렇게 섣불리 결혼했을까 후회가 되겠지. 하지만 모든 선택은 내가 한 것이기 때문에 이 사실을 바꿀 수 없어. 고통스러워하는 것도 온전히 내가 받아들여야 하는 문제가 된단다.

이 글까지만 읽으면 "결혼, 꼭 해야 해?"라는 생각이 들지도 몰라. 주위에 결혼 생활이 불행하거나 이혼하는 사람들을 보면 더 결혼을 결정하기 겁나고 두려워지지. 하지만 남들이 그런다고 너희의 결혼도 그럴 거라고 생각하지 않았으면 해. 결혼에 대해 신중하게 생각하고 판단한다면 정말 나와 잘 맞는 배우자를 만나 행복한 인생을 살 수 있어.

우선 20대 때, 나에 대해서 알아가는 시간을 가졌으면 해. 셀프 토크를 많이 해보는 거야. 나는 어떨 때 행복감을 느끼는 사람이고, 내가 못 견디는 것은 무엇이고, 나는 어떤 가치관을 가지고 있으며, 나의 장단점에 대해서 생각해 봤으면 해. 혹시 어떠한 열등감이나 상처가 나를 괴롭히고 있다면 그 원인이 뭔지 끊임없이 질문하며 답을 알아가는 과정을 거쳤으면 좋겠어.

일과 진로 때문에 연애할 시간이 없다고 이성을 만나는 것을 뒷전으로 하지 않았으면 해. 다양한 이성을 만나려고 적극적으로 행동해 봐. 그렇다고 여러 사람을 만나서 가볍게 연애를 많이 해보라는 것은 아니야. 연애는 신중했으면 해. 그 사람에 대해 차근차근 알아보면서 나와 잘 맞는지 알아가는 과정이 있었으면 해. 욕망에 휩싸여 덜컥 연애했다가는 좋은 관계를 지속하기가 쉽지 않아. 그런 인스턴트 사랑은 네 삶에 큰 도움이 되지 못해. 한 사람을 만나도 이 사람이 어떤 사람인지 깊게 알아보는 시간을 가졌으면 해. 그런 과정에서 나는 어떤 사람과 있을 때 편안함을 느끼고, 어떤 사람을 좋아하는지 알 수 있거든.

다양한 사람을 만나고, 좋은 사람을 만날 수 있는 나이에 적정 기간이 있단다. 물론 나이 들어서 나의 짝을 만날 수도 있겠지만, 그런 확률은 그리 높지 않아. 끝내 나와 잘 맞는 배우자를 못 만나 혼자 살아가는 삶을 선택하기도 하거든.

나이가 들면 이성이 나를 대하는 태도가 바뀌고 관심이 확 줄어들어. 네가 마침내 좋아하는 사람이 생겨도 나이가 걸림돌이 될 수도 있어. 아무래도 건강한 유전자를 만나 2세를 생각하는 사람들이 많기 때문에 나이를 간과할 수는 없거든. 본능적으로 그런 사람에게 끌리기 때문이야. 그래서 20대~30대 중반까지가 배우자를 잘 만날 수 있는 적기라고 생각해.

일도 좋지만, 결혼을 하기로 결심했다면 배우자 찾는 데 총력을 다했으면 한다. 일이나 진로는 나중에 나이가 들어도 너희들의 의지만 있다면 언제든지 바뀔 수 있거든. 하지만 배우자는 너희의 의지가 있다고 해도 적정 시기를 넘기면 많이 힘들어져.

결혼을 결심한 배우자의 약점을 발견했다면 너희들은 선택해야 해. 그 약점을 끝까지 가져갈 수 있는지, 결혼해서 바뀔 수 있다고 생각하는 것은 오산이야. 스노우볼처럼 그 문제가 더 큰 문제가 되어 돌이킬 수 없는 관계까지 만들어버리기도 하거든. 아무런 문제가 없는 커플도 결혼해서 힘든 부분이 있는데, 걸리는 부분이 있다면 극복하기 쉽지 않아.

　여러모로 조건들이 잘 맞는다면, 너에 대해 질문해 봤으면 해. 나는 이 사람과 진심으로 평생을 함께할 수 있는지, 나중에 후회 안 할 자신이 있는지, 결혼 선택이 내 의견인 건지, 나이와 환경에 의해 떠밀려서 하는 것은 아닌지, 이 사람이 지금 가지고 있는 조건들이 하루아침에 잿더미가 되어도 난 이 사람을 끝까지 믿고 사랑할 수 있는지, 나는 결혼할 준비, 마음가짐이 되어 있는지 깊게 고민해 봤으면 해.

　사랑은 눈을 멀게 만드는 마법을 부릴 때가 있단다. 하지만 결혼할 때만큼은 사랑만 보면 안 돼. 사랑이 밑바탕이 되고, 이성적으로 그 사람과 나를 잘 판단해야 한다고 생각해. 사랑이 시야를 가리더라도 정신줄 꽉 잡고, 일생일대의 선택을 하는 거라고 상대방과 나에게 후회 없는 선택이 되도록 신중에 신중을 기했으면 한다.

　그 선택의 초석은 너 자신에 대해 알아야 하는 거야. 나를 알지 않고 결혼한다는 것은 무모한 선택이고 위험한 결정이기도 해. 프리드리히 니체는 말했어. "결혼할 땐 스스로 이런 질문을 하라. 늙어서까지도 이 사람과 대화할 수 있을까? 이 외에 다른 모든 것은 일시적일 뿐이다." 수많은 조건은 시간이 지나면 변하거나 바뀔 수 있지만, 나에 대해 알고 너희들이 누구랑

있을 때 편안하고, 대화할 때 행복한지를 알아야 그 사랑이 끝까지 갈 수

있단다.

꿈이 있다면
가고자 하는 길이 보인단다

배쌤: 배가령

1.
고민이 있을 땐
손으로 써 봐

맛있는 음식을 먹다가도 갑자기 숟가락질이 느려지고 잠을 자려고 누워도 쉽게 잠들지 못하는 걸 보니 고민이 있구나. 숙면을 도와준다는 영상을 켠 채 잠을 자고, 바빠서 미루어두었던 정리를 시작하는 것을 봐도 마음이 편하지 않다는 것을 알 수 있어. 할 말이 있는 것처럼 몇 번이나 짧은 들숨을 쉬다 머뭇거렸고 집에 들어오는 어깨가 축 처진 것을 보면 무슨 일이 있는 것이 분명해. 머릿속이 복잡하고 마음이 쓰이는 일이 있는 것 같은데 아직 뭔가 정리가 안 된 것 같으니 모르는 척 기다리고 있어야겠지.

너무 걱정하지는 마. 선생님도 그럴 때가 있었어. 뭔가 답답하고 가슴이 콱 막힌 것 같은 기분이 들 때 말이야. 뭘 어떻게 해야 할지 전혀 갈피를 잡을 수 없을 것만 같았어. 그런데 매일 같은 고민을 하고 매일같이 한숨을 쉬는데 달라지는 것은 없고 항상 걱정이 머리를 맴돌았어. 선생님의 그때 이야기를 한번 들어볼래?

첫 번째 직장에 다닐 때야. 대학생이 되고부터 여러 가지 아르바이트를 해서 나름 사회생활을 해봤다고 자신했지만 파트타임으로 하는 일과 취업은 느낌부터 달랐어. 나의 첫 번째 직업은 시나리오 작가였어. '시나리오 작가 모집'. 구인 공고에 있는 이 여덟 글자를 보고 심장이 두근두근 뛰기 시작했어. 한때 작가를 꿈꾸던 문학도였으니 솔깃한 일자리였지. 게다가 영어 성적을 묻지도 않았고, 컴퓨터 관련 자격증도 없어도 되는 일이었어. 다른 스펙 없이 그때의 내가 당장 시작할 수 있는 일이었어. 지금 생각하면 시나리오도 한 번 안 써봤으면서 무슨 배짱으로 지원했나 생각이 들긴 해. 게다가 그때까지 한 번도 벗어나 본 적이 없는 부산이 아닌 낯선 곳에서 생활해야 하는데도 말이야.

학점을 꽉꽉 채워 들었기 때문에 4학년 2학기에는 3학점짜리 한 과목만 들으면 됐는데 교수님께 취업이 되었다 말씀드리고 취업했다는 서류를 제출했어. 옷과 짐을 조금 넣은 큰 가방 하나 가지고 무작정 올라갔어. 서울이 아니라 안산이었는데 마땅한 숙소가 없어 아파트에 방만 하나 빌려주는 곳에서 잠만 잤어. 초등학생 꼬마와 젊은 부부가 사는 집이었지. 지금처럼 대학생이나 직장인을 위한 원룸이 있던 때가 아니라, 그때는 그렇게 방 하나만 빌려주는 곳이 제법 있었어.

작가로 시나리오를 쓰는 일을 하면 된다고 했는데 막상 가보니 이벤트 회사에서 시 홍보 영화를 찍는 거였어. 『상록수』라는 소설의 실제 배경이 안산인 것을 알고 있니? 실존 인물을 바탕으로 쓴 소설이고 안산에는 지금도 상록수라는 전철역이 있으니까 상록수를 과거와 현재를 잇는 고리로 구상하고 안산의 매력을 담아내려고 노력했어. 그런데 사장님이 영업해서 협

찬을 받아 오면 어떻게든 영화에 그 회사를 포함하는 걸로 시나리오를 수정해야 하는 거야. 매일매일 대본을 수정하는 스트레스도 있지만 스토리의 연결이 자연스럽지 않아 고민이 정말 많았어. 게다가 나의 공간은 낯선 집의 방 한 칸이 전부니 잠자리도 먹는 것도 다 불편하고, 가족들, 친구들과 처음으로 떨어져 지내는 상황도 서러웠어. 매일매일 한숨과 고민의 연속이었어.

가끔 친구들에게 전화하면 작가로 취직했다며 부럽다고 하니, 힘들다고 솔직히 말하기도 어려웠어. 잠 못 자고 스트레스를 받으니 몸은 붓고 살도 찌고 그랬지. 그런데 이상한 것은 매일매일 같은 고민을 한다는 거였어. 회사를 계속 다닐지 그만두고 부산으로 내려갈지 둘 중 하나를 선택하면 되는 건데 같은 고민을 매일 하는 거야. 그러다 다른 생각이 꼬리에 꼬리를 물면 고민은 또 잠시 밀려났어. 너무 힘든데 부산에 내려갈까, 다들 왜 내려왔냐고 물어보면 어떻게 대답할까, 항상 여기까지가 끝인 고민을 매일 하고 있었어. 여기에서 한 걸음도 나아가지 못하고 같은 고민을 계속하니 더 답답한 기분이 들었는지도 모르겠어.

어느 날, 친구한테 편지를 쓰려고 종이와 펜을 꺼내 내용을 생각하는 중이었어. 그때 나도 모르게 연습장에 '부산, 내려간다, 계속, 작가는 무슨, 스트레스' 이런 단어들을 써놓고 색칠을 하고 밑줄을 긋고 동그라미를 그리고 있는 거야. 문득 이렇게 매일매일 결론을 못 내리고 있어서는 안 된다는 생각이 들었어. 갑자기 쓰면서 정리를 해보자는 마음이 생겼어.

그래서 계속 일을 할 때와 부산에 내려갈 때 일어날 일들이 무엇인지 생각나는 대로 천천히 쓰기 시작했어. 먼저 지금 하고 있는 일의 안 좋은 것부터 생각이 났어. '살이 찐다, 건강이 나빠진다, 스트레스가 심하다, 잠을 못 잔다.' 등등이었어. 사실 사장님도 이상했어, 그것도 썼지. 부산에 내려가면 안 좋은 건 '가족들에게 실망을 준다, 친구들에게 부끄럽다.' 이런 게 있었어.

그다음 각각의 상황에서 좋은 걸 써보기로 했어. 계속 일했을 때 좋은 점은 '무사히 맡은 일을 마무리했다.' 딱 하나만 생각이 났어. 반대로 부산에 내려가면 좋은 점은 '편하게 잘 수 있다, 가족과 가까이 있다, 친구들을 자주 볼 수 있다, 밥을 편하게 먹을 수 있다.' 등이 칸을 채웠어. 너희들 같으면 어떤 선택을 하겠어?

이렇게 써놓고 보니까 부산에 내려가는 것을 망설이는 것은 단순히 체면 때문이라는 것이 명확해졌어. '그게 뭐가 중요해. 잠시 부끄러우면 되는걸. 그래도 나를 아끼는 사람이라면 내가 행복한 것을 응원하겠지.' 이런 생각이 들면서 '부산에 가야겠다!' 하고 생각이 정리되는 거야. 몇 달을 고민했던 일인데 손으로 써보니 생각이 분명해지는 거지. 당시에 회사에서 영화를 찍고 있었으니 '이번 영화 마무리할 때까지만 하고 부산 가자.' 이렇게 생각이 정리되었어. 하고 있던 일은 당연히 마무리하고 가야 하는 거라 생각했고, 회사에 나 말고 글을 쓸 사람이 없었거든. 이렇게 생각을 정리하고 나니까 스트레스가 훨씬 덜한 거야. 일단 내가 감당해야 하는 스트레스가 끝이 있다는 것이 좋았고 이번 일이 끝나면 내가 원하는 부산으로 갈 수 있다는 것도 마음을 한결 가볍게 해줬어.

그때 이후로 뭔가 고민이 생기고 그걸 어떻게 하면 좋을지 선명하지 않을 때는 머릿속의 생각을 완전히 솔직하게 글로 써보는 시간을 갖는 편이야. 글로 써놓고 보면 분명히 내 문제였던 것이 좀 더 객관적으로 보이고 내가 알고 있지만 꽁꽁 숨겨두었던 이유가 드러나면서 문제를 해결할 수 있는 것도 함께 보이는 것 같거든.

이렇게 글로 적어볼 때는 깨끗하게 잘 정리된 형태일 필요는 없어. 누구에게 보여주기 위한 글이 아니니까 마음 놓고 솔직하게 써도 돼. 처음에는 두서없이 머리에 떠오르는 단어들만 마구 써도 괜찮아. 뭐라도 쓰기 시작하면 생각이 꼬리에 꼬리를 물고 떠오르기 시작할 거야. 원래 뇌과학자들이 손가락을 움직이는 행동을 우리 뇌의 어휘 저장 장치를 여는 열쇠라고 하거든. 손가락을 움직이면 언어와 관련된 뇌가 활발하게 작동을 시작하기 때문에 가만히 있으면서 생각하는 것보다 훨씬 효율적이야.

너희들도 메모의 효과를 알기 시작하면 완전히 푹 빠질 거야. 고민의 시간을 최소 두 배는 단축하게 해준다고 생각해. 이렇게 좋은 걸 왜 이제야 말해주냐고? 선생님도 이걸 어떻게 말해주면 좋을지 생각만 하다가 이제야 글로 쓰면서 알게 됐어. 이렇게 글로 쓰고 나면 생각이 정리될 거야. 그러면 선생님한테 얘기해줘야 해. 무슨 고민을 하고 있었는지, 왜 고민이 되었는지, 그래서 지금 어떻게 정리가 되고 있는지.

너희들의 머릿속이 정리되고 마음이 한결 가벼워지기를. 그때까지 기다

릴게.

2.
하고 싶은 건
일단 해 봐

꿈을 꾸고 싶은데 어떤 꿈을 꾸어야 할지 모르겠다면 너희에게 맞는 일을 찾아야 해. 맞는 일을 찾으면 꿈을 꾸는 것이 훨씬 쉬워질 거야. 선생님이 꿈을 꾸라고 하지 않아도 심장이 뛰면서 너희들의 머릿속에서 꿈이 그려질 테니까. 지금부터 너희들에게 맞는 일을 찾는 방법을 알려주려고 해.

세상에서 가장 소중한 것은 뭐니 뭐니 해도 자기 자신이라는 것에 동의할 거야. 내가 없으면 세상에 아무리 좋은 것이 있어도 소용없는 일이잖아. 그리고 또 하나 소중한 것이 바로 '시간'이야. 시간은 너희들이 원하지 않아도 언제나 주어지기 때문에 소중함을 모르고 살아가기 쉬워. 하지만 시간은 정말 무서운 거야. 시간은 모든 사람들에게 공평하게 주어지고 아무리 필요할 때가 있어도 더 많이 주어지지 않아. 다시 말해 시간은 나에게만 있는 자원이 아니고, 수요가 있다고 공급이 늘어나지 않아. 비탄력적이지. 시간만큼 심하게 비탄력적인 자원은 없을 거야.

이런 자원을, 그것도 너희들이 가장 무한한 가능성을 가진 지금, 지금 어떤 시간을 보내느냐에 따라 미래의 모습이 엄청나게 달라질 수 있는 지금,

뭘 해야 할지 몰라서 멍하니 시간을 보내는 건 너무 아깝지 않니? 일단 뭐라도 해야 해. 그게 아무것도 안 하는 것보다 훨씬 나아. 그럼 뭘 해야 하는지 막막하지? 이렇게 해보자. 너희들이 하는 일 중에서 가장 시간이 빨리 간다고 느낀 것이 무엇인지 생각해 보는 거야. 시간은 비탄력적이고 언제나 동일하게 흐르지만 재미있는 일을 할 때는 정말 금방 지나가버린 것처럼 느껴지잖아. 그러니까 그런 느낌을 받았다면 그건 너희들이 좋아하는 일이야. 그리고 뭔가 궁금한 게 생긴다면 그것도 너희들이 좋아하는 일이야. 사람들은 관심이 없으면 궁금하지도 않거든. 어떤 일을 할 때 시간이 빨리 가는지, 어떤 분야에 호기심이 생기는지 잘 보면서 하고 싶은 일을 찾으려 노력해 봐.

예전에는 하루 종일 핸드폰만 보고 있거나 컴퓨터 게임만 하면 공부 안 한다고 걱정하는 부모님들이 많이 계셨어. 커서 뭐 되려고 저러나 하는 걱정도 많이 들어야 했어. 하지만 요즘은 자기가 좋아하는 일을 하면서 성공하는 사례가 많아지고 있어서 부모님들의 생각도 변화하고 있는 것 같아. 주변에 보면 연예인이 되고 싶다는 아이들도 예전에 비해 훨씬 많아졌고 프로게이머나 유튜버가 장래 희망인 아이들도 많다고 들었어.

요즘은 하고 싶은 일을 하면서 경제적 독립을 할 수 있는 기회가 정말 많아진 세상이야. 먹는 것을 좋아해서 먹방으로 유명해지기도 하고, 여행을 하며 돈을 벌기도 해. 관심 있는 분야의 제품을 리뷰하는 것이 직업인 사람도 있어. 그만큼 마음만 먹으면 다양한 시도를 할 수 있는 기회가 열려 있다는 말이 되겠지. 좋아하는 일을 할 수 있다는 것은 정말 축복이라고 생각해.

좋아하는 일, 재미있는 일을 찾았고 호기심이 생긴다면 두 번 생각할 필요 없이 바로 시작해 보면 좋겠어. 지금 당장 일어나 봐. 마음만 먹으면 유튜브든 블로그든 방법을 설명하는 콘텐츠는 어디에서나 찾을 수 있어. 다른 사람이 만든 콘텐츠를 보며 '나도 유튜브를 해볼까.' 생각이 든다면 바로 채널 만들어서 영상을 올려보는 거야. 화장하는 것이 재미있다면 우선 내가 가지고 있는 화장품으로 화장하는 영상을 찍어보는 거지. 쇼핑을 좋아하고 좋은 물건을 싸게 사는 편이라면 리뷰 채널을 만들든지 인터넷 쇼핑몰을 만드는 거야.

하고 싶지만 잘할 수 있을지 모르겠다고? 그래도 해봐. 일단 해보지 않으면 나에게 그 일이 맞는지 안 맞는지 알아볼 기회조차 없어. 해보지도 않고 계속 아쉬움만 남은 채로 시간을 보내고 싶은 것은 아니지? 일단 해봐야 후회도 없고 일단 해봐야 너희들과 맞는지 맞지 않는지도 알 수 있단다.

여기서 한 가지 꼭 생각해야 할 것이 있어. 아무리 하고 싶은 일이라도 그 일을 하기 위해서 따라오는 많은 일들이 있는데 내가 하고 싶은 일에는 그 따라오는 일까지도 포함이 되어야 한다는 거야. 예를 들어 유튜버가 되고 싶다면 촬영과 편집은 물론 촬영을 위해 필요한 준비가 많아. 그런 일들도 모두 내가 하고 싶은 일에 포함시켜야 해. 세상 어떤 일도 쉽고 편한 일로만 구성되어 있는 것은 없어. 좋아하는 일을 한 가지 하기 위해서 싫어하는 일 열 가지를 해야 한다고 말하는 사람도 있어. 그래도 하고 싶은 일을 위해 하는 일이니 참을 수 있겠지?

그런데 아직 뭘 좋아하는지 잘 모르겠다고 생각하는 사람도 있을 거야. 정말 좋아하는 일을 찾은 사람보다 아직 못 찾은 사람들이 훨씬 많을지도 몰라. 좋아하는 일을 찾으라는 주변 사람들의 말에 불안하기도 할 거야. 뭘 좋아하는지 모르겠는데 자꾸 찾으라고 하니까 좋아하는 일이 없는 나는 어딘가 이상한가 싶기도 하고. 그럴 땐 이렇게 생각해 봐. 좋아하는 일을 찾는 대신 너무너무 싫어하는 것을 생각해 보는 거야. 소리에 예민해서 시끄러운 곳에서는 짜증도 나고 머리가 아픈 사람은 그런 상황에 계속 놓인다면 스트레스 지수가 너무 높아지겠지? 이렇게 자기가 정말 참기 어려운 일이나 싫어하는 일을 생각해 보는 거야.

어떤 일이 직업이 된다는 것은 월요일부터 금요일까지 하루 8시간 정도는 그 일을 매일 해야 한다는 의미야. 정말 좋아하는 일도 직업이 되면 싫어질 수 있는데 진짜 싫어하는 일은 어떨까. 그건 스스로를 학대하는 것과 같아. 그러니까 정말 싫어하는 일은 하지 않아도 돼. 아니 하지 않아야 해. 그렇기 때문에 내가 무엇을 정말 싫어하고 못 견디는지에 대해 진지하게 생각하는 시간을 가져보면 좋겠어.

요즘은 다중지능검사, 성격유형검사, 적성검사 등 무료로 진행되는 검사들도 많으니 활용해 보면 좋을 거야. 제일 싫어하는 것을 제외하고 우선 할 수 있는 일을 시작해 봐. 하다 보면 내 적성에 맞는 일을 찾을 수 있을 거야.

아무리 참으려고 해도 익숙해지지 않고 하면 할수록 지친다면, 평소의 모습과 완전히 다른 부정적인 자신의 모습이 불쑥불쑥 튀어나온다면 그건 너희들과 맞지 않는 일이야. 좋아하는 일이 없다고 자책하지 말고 제일 싫어하는 일을 한번 생각해 보자. 그 일을 제외한 나머지 일들은 모두 할 수 있다고 가능성을 열어두면 돼. 죽도록 싫어하는 일이 하나도 없다고? 그럼 모든 일을 할 수 있다는 말이야.

실패하더라도 하고 싶은 일을 해보고 실패하는 것이 나아. 너희들에게는 그 누구에게도 뒤지지 않는 시간이라는 무기가 있잖아. 젊은 시절의 실패는 자신의 성장을 돕게 마련이야. 하고 싶은 일을 해보지 않은 채 '나도 저 일을 하고 싶었는데.' 생각만 하고 있다면 돌아오는 건 현실에 대한 불만과 낮아지는 자존감밖에 없을 거야. 실패하면 어때? 그래도 해봤잖아. 최선을 다해서 해보고 정말 아니다 싶을 땐 후회 없이 돌아서는 것. 그것이 바로 너희 때만 누릴 수 있는 특권이란다.

그렇게 해보고 나서 생각보다 쉽지 않다고 느끼는 것 또한 큰 공부라고 생각해. 내가 직접 뛰어들어 경험하며 배운 것은 어떻게든 나에게 남아 있으니 실패라고 할 수도 없는 일이야. 그러니 하고 싶은 일이 있다면 망설이지 말고 일단 해보자. 후회를 하더라도 해보고 후회를 하는 것이 낫고, 실패를 하더라도 하고 싶은 일이었으니 하는 동안은 행복할 수 있잖아. 어떤 선택도 정답이 없다면 미련을 남기는 것보다는 해보니 이렇더라는 경험과 지식을 남기는 편이 훨씬 낫단다. 호기심이 생기는 일이 있니? 지금 바로 일어나기! 알지?

3.
쫓겨서 하는 선택은
하지 마

'피곤할 때는 의자를 사러 가지 마라.'는 외국 속담이 있어. 너무 지치고 피곤할 때는 어떤 의자든지 다 좋게 느껴지니 진짜 좋은 의자를 선택하기 어렵다는 의미야. 이 속담처럼 너희들도 충분히 이성적인 판단을 할 수 있는 상황이 아닐 때는 잘못된 선택을 하기 쉽다는 말을 해주고 싶어.

아마 고등학생 때부터 주위에서는 꿈이 뭐냐, 뭐가 되고 싶으냐고 자주 물어봤을 거야. 대답하기 어려웠던 사람들도 있지? 하고 싶은 일이 아직 없어도 걱정할 필요 없어. 아직 하고 싶은 일도 없다며 스스로를 한심스럽게 생각하지 않아도 돼. 세상을 많이 경험하지 않았으니 선택할 수 있는 꿈의 범위도 한계가 있을 수밖에 없으니까. 너희들이 알고 있는 것 중에서 하고 싶은 일이 없는 것도 얼마든지 이해가 되는 일이야. 꿈을 가지라는 말에 뭐라도 해야 할 것 같아서 아무렇게나 정하는 것보다 '아직 모르겠어요.'라고 솔직하게 말하고 천천히 알아보는 것이 더 좋은 방법인 것 같아.

20대가 되면, 그 압박이 훨씬 심하게 느껴질 거야. 스스로 굉장히 나이가 많다는 생각이 들고 빨리 취업을 해야 할 것 같은 초조함에 시달릴 수 있거든. 선생님도 그랬어. 아무도 나에게 빨리 취업하고 빨리 돈 벌어야 한다고 말하지 않았지만, 나는 내 주변의 모든 사람이 내게 그 말을 하는 것 같았어. 당시에는 어디라도, 무슨 일을 하는 곳이라도 빨리 취직을 해야 한다는 강박이 있었어.

선생님이 대학을 졸업할 때도 지금처럼 경기가 좋지 않아서 취직이 어렵던 시기였어. 게다가 미리 취직 준비를 하며 스펙을 쌓은 것도 아니라서 졸업을 하고도 취직이 안 되면 어떻게 하나 걱정을 정말 많이 했던 것 같아. 4학년 2학기 때는 틈만 나면 구인 정보를 찾아보며 졸업 전에 무조건 취직처가 확정되어야 한다고 생각했어. 특별한 자격증도 없고 영어도 못 하니까 내가 할 수 있는 일이 많지 않을 것이라는 불안도 있었어. 그러다 구인 공고를 보게 되었고, 다음에는 기회가 없을 것만 같은 초조함에 취업해 버렸어. 그것도 객지에서의 직장 생활을 성급하게 결정을 한 거야.

그런데 그 첫 직장이 좀 안 좋게 끝났다고 말했었지? 그때의 기분은 완전히 내가 인생의 낙오자가 된 것 같은 느낌이었어. 아무도 만나기 싫고 나 자신이 너무 바보 같아서 한참 동안 집에만 있기도 했어. 뭘 어떻게 해야 좋을지 몰라 혼자 등산도 가보고 그냥 멍하니 하루를 보내기도 했는데 그때도 마음이 편치 않았어. 마음 한편에 '빨리 마음을 잡고 다른 일자리를 알아봐야 하는데 왜 이러고 있나, 시간이 없는데…….' 이런 생각이 자리 잡았어. 그 와중에도 가장 지배적이었던 생각은 더 늦기 전에 뭐든 해야 한다는 초조함이었던 것 같아. 왜 그렇게 조급한 마음으로 살았는지 몰라.

시간이 지난 후 취업을 결정한 시점을 돌아봤더니 뭐라도 해야 한다는 나의 조급함과 초조함에 밀려 쫓기듯 한 선택이었다는 걸 알게 되었어. 사실 내가 취업을 서둘러 준비할 때 언니가 나에게 해준 말이 있어. "아무도 너한테 돈 벌어 오라고 등 떠미는 사람이 없는데 왜 그렇게 초조해 보이니? 아직 어리니까 지금 1~2년 늦게 시작해도 하나도 걱정할 것 없어. 진짜 하고 싶은 걸 찾아봐." 너무 좋은 말이지? 근데 그때는 이 말이 안 들렸어.

언니는 대학 졸업하자마자 좋은 직장에 바로 취업이 되었고 그 일을 좋아하며 직장 생활을 잘하고 있으니 내 상황을 겪어보지 못했다는 생각, 그래서 언니가 내 마음을 알 리가 없다는 어리석은 생각을 했어. '내가 이렇게나 초조한데 어떻게 천천히 하고 싶은 일을 찾으란 말이야.' 이렇게 생각했었지.

너희들도 어쩌면 지금 내 말이 안 들릴 수도 있겠다는 생각에 걱정이 되기도 해. 어떻게 말해야 마음으로 내 말을 듣게 될까. 흔히 겪을 수 있는 일로 비유를 한번 해볼게. 별로 사고 싶은 마음이 없던 물건이 있었는데 '하나 남았다, 1분 후에 타임 세일이 끝난다.'라는 말을 듣고 갑자기 초조해져서 산 물건이 있니? 그런 물건을 집에 와서 볼 때나 시간이 지나 택배로 받아서 봤을 때 실망했던 경험이 있을 거야. 그 마음과 비슷한 것 같아. 사고 싶었던 물건이 있었는데 신중하게 결정하고, 마침 세일해서 좋은 기회라고 생각하고 사는 것과는 완전히 상황이 달라. 이 경우는 충분히 생각한 후 내린 결정이었고 더 좋은 상황까지 받쳐주니 선택에 후회가 거의 없겠지. 하지만 앞의 경우처럼 내 마음과 상관없이 상황에만 초점을 맞추고 성급하게 선택했을 때 그 선택이 성공적일 확률은 상당히 낮을 수밖에 없어.

어떻게 하면 이렇게 쫓기듯 선택하는 실수를 줄일 수 있을까. 가장 먼저 해야 하는 중요한 일은 '아, 내가 지금 많이 초조하구나.'라고 내 마음을 알아채는 거야. 내가 초조한 상태라는 것을 인지하지 못하면 급하게 선택을 한 그 순간은 그 선택이 잘한 일이라는 생각이 들 수도 있어. 놓칠 뻔한 기회를 서둘러 잡았다는 기분이 들 수 있거든. 뭔가 뒤에서 누가 미는 것같이 급하게 일이 진행된다면 브레이크가 필요해. 그리고 너희들의 마음을 들여다봐야 해. 그 마음에 초조함이 자리하고 있다는 것을 발견하면 그다음 단계는 급히 서두르던 모든 일을 멈추고 심호흡을 하는 거야. 서두를 필요 없어. 잠시 멈춰 서서 신중하게 생각해 보는 거야. 지금의 상황을 객관적으로 보는 것도 좋고, 내 마음과 진지한 대화를 하는 것도 하나의 방법이야.

일단은 쫓기듯 하는 선택은 하지 않는 것이 좋아. 상황이 다급할수록 억지로라도 더 여유 있게 생각해 봐. 그때의 여유가 엄청난 시간을 절약해 주는 것이라는 사실을 기억해. 급하게 한 선택을 되돌리는 데에는 훨씬 많은 시간이 걸리니까. 지금 내가 하려는 선택이 진짜 내가 원하는 것이 맞는지 생각해보고, 상황에 떠밀려서 하게 된 선택이라는 생각이 들면 즉시 일단 멈춤!! 하고 그 선택을 하려는 자신을 가만히 들여다 보는 거야. 쫓겨서 하는 선택은 잘하기 어려워. 꼭 기억해.

4.
꿈은 되도록
크게 가져야 해

넓은 세상으로 한 걸음 내디딜 너희들에게 하고 싶은 말은 누가 뭐래도 기죽지 말고 큰 꿈을 꾸라는 거야. 우리 속담에 '송충이는 솔잎을 먹고 살아야 한다.'라는 말이 있어. 소나무에서 사는 송충이가 다른 나무에 살아보려고 옮겨가면 살 수 없기 때문에 자신의 분수를 알아야 한다는 의미로 사용되는 말이야. 또 '허파에 바람이 들었다.', '오르지 못할 나무 쳐다보지도 마라.' 이런 말도 있어. 허황된 목표를 세우고 꿈꾸는 사람들에게 하는 단골 멘트란다. 너희들도 들어본 적이 있니?

사람들은 때로 큰 꿈을 꾸다가 실패한 사람들에게 '내가 그럴 줄 알았다, 바랄 걸 바라야지, 주제도 모르고 까불다가 꼴좋다.' 등등 상처를 주는 말도 많이 하지. 자신보다 못한 것 같던 사람이 혹시나 큰 꿈을 이룰까 봐, 그들의 잠재적 가능성에 불안했던 사람들이 내뱉는 안도감 섞인 비난과 비아냥이라 할 수 있어.

혹시나 그런 주변의 시선이나 말 때문에 망설이고 있는 일이 있니? '내가 이렇게 큰 꿈을 꿔도 되는 걸까? 이렇게 큰 목표는 나에게 과분한 욕심이 아닐까?' 생각하며 자신이 없어지고 한숨이 나니? 어쩌면 '현실적'이라는 이유로 진짜 이루고 싶은 꿈을 외면하거나 꿈의 크기를 줄이고 있는 사람도 분명 있을 거야. 지금부터는 그 생각을 머리에서 지워보자. 다름 아닌 부정적인 생각이 스스로의 가능성에 한계를 정한다는 것을 알아야 해. 사실은 주변 사람들의 비난에 앞서 너희들의 생각이 스스로의 발목을 잡고 자신이 큰 꿈을 꾸는 것을 방해한다는 사실을 기억해야 해.

선생님이 말하고 싶은 것은 "너희들의 꿈은 온전히 너희들의 것"이라는 사실이란다. 원하는 것을 꿈꾸는 일은 다른 사람에게 허락을 받아야 하는 일이 아니야. 큰 꿈을 꾼다고 해서 비난을 받아야 하는 일은 더더욱 아니고. 어느 누구도 다른 사람의 꿈에 대해 판단할 자격 없고, 판단해서도 안 돼. 당연히 사람마다 정해진 꿈의 크기가 있는 것도 아니지.

사실 비겁하게도 선생님은 학교 다닐 때 공부를 열심히 하지 않았어. 그게 왜 게으르다거나 성실하지 않은 일이 아니라 비겁한 일인지 말해줄게. 물론 공부를 하기 싫었을 수도 있지만 사실은 시험공부를 열심히 했는데 시험을 못 쳐서 성적이 안 나오면 어떡하지 하는 걱정이 마음속 깊이 있었어. 그 당시 내가 내린 결론은 '공부 안 하면 성적이 안 나와도 억울하지 않고 잘 나오면 기분 좋으니까 하지 말자.' 이거였어. 참 비겁하고 못났지?

과거를 후회할 필요는 없지만, 만약 그때 열심히 공부해도 결과가 안 좋을 수 있다는 것을 받아들이고 노력했다면 어땠을까 생각할 때가 가끔 있어. 나쁜 성적을 바라는 사람은 없어. '공부를 안 했으니 이 정도의 성적도 받아들일 수 있어.'가 아니라 좋은 성적을 받고 싶다고 솔직하게 인정하고 목표를 정해서 열심히 공부하는 거지. 만약 노력한 만큼의 결과가 아니라도 실망하지 않고 한 번 더 노력하는 용기가 필요했는데 그땐 그걸 몰랐어.

기대가 크면 실망도 크다는 말을 기대하지 않으면 실망도 없다고 반대로 말하는 사람도 있어. 꿈을 꾸지 않았으니 꿈을 이루지 못해 실망할 일이 없다며 자랑삼아 말하기도 하지만 그것만큼 비겁한 일이 어디 있을까. 그 말 뒤에 숨어 있는 자기의 진짜 속마음을 봐야 해. 온전히 너희들의 마음에 집중해서 누구의 눈치도 보지 말고 진짜 하고 싶은 것을 꿈꾸는 거야.

또 하나 하고 싶은 말이 있어. 기왕에 꿈을 가지려면 큰 꿈을 갖는 것이 좋아. 목표를 높게 설정하고 그 목표를 이루기 위한 방법을 고민하다 보면 원래 가지고 있던 사고의 틀을 깨는 순간이 오거든. 그 순간 성장하고 발전하는 거야. 그러니 나는 소박하게 내가 할 수 있는 것만 하나씩 하면서 살 거라고 생각하기보다 한번 크게, 원대한 꿈을 가져보면 좋겠어. 너희는 뭐든 할 수 있으니까.

만약, 학원을 개업하는 사람이 있다고 생각해 볼까. 이 사람은 목표를 회원 50명이라고 잡고 목표 회원을 모집하기 위해 열심히 노력했어. 우선 오픈 이벤트를 하고 친구들과 지인들에게 연락을 해. 주변에 공부할 사람 있으면 소개해달라고 부탁도 하지. 그리고 지하철역이나 버스 정류장 앞에서 전단을 나눠주기도 했어. 시간이 날 때마다 전화도 돌리고 학교 앞에서 행사도 했어. 그렇게 해서 드디어 목표를 이루었어. 열심히 하니까 목표를 달성할 수 있었다며 뿌듯해했지.

그런데 학원을 개업하면서 학원생 1,000명 모집을 목표로 세웠다고 생각해봐. 우선 이 말을 들은 사람들은 이제 개업하는 학원에 1,000명이라니 말도 안 된다고 수군댈지도 몰라. 어쨌든 목표를 1,000명으로 잡았으니 어떻게 하면 목표를 달성할 수 있을까 고민하겠지. 오프라인 과정은 올 수 있는 사람이 한정적이니 오프라인만으로는 목표를 채울 수가 없어. 그래서 온라인으로 마케팅을 하고 온라인 과정도 만드는 거야. 그리고 실시간 수업만으로도 한계가 있으니 동영상 강의 콘텐츠를 제작해서 실시간으로 수업을 하지 않아도 수강생을 늘릴 수 있는 방법을 도입하는 거야.

물론 열심히 해서 목표인 1,000명을 채우면 더없이 좋은 일이지만 만약 목표를 50%밖에 달성하지 못했다고 생각해봐. 그래도 500명이야. 목표를 50명으로 세우고 목표를 달성했을 때보다 50%밖에 달성하지 못했을 때 수강생이 10배나 많아. 그리고 온라인 콘텐츠를 제작했기 때문에 수강생을 지속적으로 늘릴 수 있는 가능성도 많고.

왜 목표를 크게 세우라고 하는지 알겠지? 목표를 향해 열심히 노력하는 것은 같지만 목표를 작게 세웠을 때와 크게 세웠을 때 우리의 사고가 다르게 작동해. 너희들이 미리 겁을 먹고 스스로의 가능성에 한계를 지어버리면 너희들의 뇌도 딱 꿈에 맞는 방법만 생각할 수 있단다. 아직 어린 너희들은 뭐든 할 수 있고, 뭐든 될 수 있어. 스스로를 과소평가하고 작은 목표에 만족할 이유가 하나도 없단다.

시련은 있어도 실패는 없다는 말이 있어. 목표를 이루는 과정에서 좌절하고 실망도 하고 또 힘들어서 주저앉아 울고 싶은 날도 있을 거야. 그러나 내가 스스로 포기하지 않는 한 그건 실패가 아니야. 꿈을 이루어가는 과정인 거야. 작은 목표를 세우고 성공하고 안주하는 것보다 크게 꿈꾸고 큰 세상을 향해 날개를 펼치는 것이 더 스스로를 사랑하는 일이라고 말하고 싶어.

시련이 두려워 소박한 꿈을 꾸는 것은 스스로의 가능성을 무시하는 일이야. 무한한 가능성을 가진 자신을 외면하고 유리 벽 안에 보호하고 있는 어리석은 주인이 되는 일이란다. 그러니 이제 너희들 속마음을 가만히 들여다봐. 용기가 없어서 정말 원하지만 말할 수 없었던, 그 원대한 꿈을 자신 있게 말해. 그다음에 공책에 적어 봐. 공책을 보면서 그 꿈을 꾸기 시작한 오늘을 기억해.

새로운 나로 태어나는 날이 바로 오늘이니까.

5.
나는 나야,
남들을 의식할 필요 없어

SNS를 보면 예쁘고 멋있는 사람이 너무 많아. 연예인을 볼 때도 부러운 점이 한두 가지가 아니야. 나는 눈이 왜 작을까, 코가 못생겼어, 뚱뚱해, 키가 작아 이런 외모에 관련된 불만이 있는 사람도 있을 거야. 나도 좀 똑똑했으면, 외국어를 잘했으면, 금수저로 태어났으면 이런 능력이나 환경과 관련한 불만까지 마음에 안 드는 것투성이라고 생각하는 사람도 있겠지. 너희들은 어때? 자신에 대한 평가에 후한 편이야?

사람들이 스스로를 소중히 여기고 사랑할 줄 알아야 한다는 말을 많이 하잖아. 그런데 자기 자신을 사랑하는 일이 생각보다 어렵다고 말하는 사람도 많거든. 사실 선생님도 그게 참 어려운 사람이었어. 말로는 '나는 내가 참 좋아.'라고 했지만 진심으로 나 스스로를 좋아했는지 돌아보면 별로 그렇지 못했던 것 같아. 그래서 이렇게 나이를 먹은 지금도 계속해서 나를 좋아하려고 노력 중이야.

어떻게 하면 스스로를 소중한 존재로 여길 수 있는지 생각해 보자. 우선 좋아할 만한 요소를 찾아야 해. 첫 번째 단계의 준비물은 거울과 종이, 연필이면 끝. 거울 앞에 앉아봐. 어떠한 방해도 받지 않고 온전히 나를 관찰하는 거야. 관찰하면서 눈썹 하나하나, 머리카락 한 올까지 자세하게 나를 그려봐. 그림을 잘 그리고 못 그리고는 중요하지 않아. 중요한 것은 자세히 보는 것, 그리고 똑같이 그리려고 노력하는 거야. 눈썹이 자란 방향이 하나하나 다른 것도 알게 되고 오른쪽 눈과 왼쪽 눈의 속눈썹 개수가 다른 것도 발견하게 될 거야. 그러면서 너희 얼굴에서 마음에 드는 부분을 찾아봐. '왼쪽 눈썹 모양이 참 예쁘네, 오른쪽 입술 옆에 보조개처럼 조금 들어가는 부분이 마음에 들어.' 이런 식으로 말이야. 물론 마음에 안 드는 부분이 보이기도 하겠지만 의식적으로 긍정적인 부분을 찾으려 노력해야 해. 그동안 전혀 의식하지 못하고 있었던 부분이라면 더 좋아.

이렇게 너희들의 얼굴을 자세히 보고 마음에 드는 부분을 찾은 다음부터는 신기한 경험을 하게 될 거야. 길을 가다 쇼윈도에 잠깐 얼굴이 비치거나 버스 창문에 내 얼굴이 비칠 때도 딱 그 부분이 먼저 보이는 경험. 너무 외모를 중요하게 생각하는 것 아닌가 하는 생각이 들 수도 있어. 그렇지만 시각적 정보는 수시로, 강하게, 큰 의미로 우리의 뇌를 자극하는 요소야. 이런 시각적 정보로 나에 대한 긍정적인 부분을 자주 자극하는 것은 자기애를 높이는 데 분명히 도움이 될 거야.

그런 다음 너희들이 잘하는 것을 찾는 거야. 이때 주의해야 할 것은 다른 사람과의 비교 없이 내가 가지고 있는 능력이나 재주들을 비교 대상으로 놓고 강점을 발견하는 거야. 다른 사람에 비해 잘하는 것은 나의 강점을 발견하는 데 큰 의미가 없어. 내가 가지고 있는 요소 중 가장 강점이 되는 것을 찾아봐. 우리는 보통 잘 못하는 부분이나 약점을 보완하는 데에 더 집중하고 노력해. 그런데 그것보다 강점을 강화하는 것이 훨씬 효과적이란다.

그것을 입증하는 실험이 하나 있어. 유명한 교육학 관련 실험인데 학생을 두 개의 그룹으로 나눈 후 한 그룹은 약점을 보완하고, 다른 그룹은 강점을 키우는 훈련을 진행했어. 약점을 보완한 그룹의 경우 약점이었던 분야의 실력이 평균 정도 수준으로 향상되었다고 해. 그런데 약점에 집중하는 동안 원래 강점이던 부분은 약화되기도 했어. 반면 강점에 집중한 그룹은 어땠을 것 같아? 원래도 강점이었던 부분을 더 잘하도록 강화하니까 눈에 띄는 발전을 보였대. 잘하던 분야였으니 강화하는 과정도 어렵지 않았다고 해. 뭔가 머리를 탁 치는 깨달음을 주는 실험이야. 그렇지? 강점을 강화하는 것이 더 경쟁력 있는 너희들로 만들어주는 지름길이야.

너희들의 장점을 스스로 발견하는 그 과정에서 자신을 많이 알게 될 거야. 이때도 집중이 잘 안 되거나 정리가 필요할 때는 손으로 직접 써봐야해. 지난번에 이야기한 것 기억하지? 강점을 찾았니? 혹시 스스로 강점을 찾기 어렵다면 가까운 주변 사람에게 도움을 청하는 것도 좋아. 너희들이 인식하지 못하는 모습을 알게 될 수도 있고, 객관적으로 너희를 평가하기 때문에 너희 생각보다 더 맞을 때도 있거든. 강점을 찾을 때는 아무리 작고 사소하다고 느껴지는 것이라도 상관없으니 무조건 다 적어봐. 사소한 것에서 출발해서 정말 대단한 강점을 발견할 수도 있단다. '인사를 잘한다, 처음 보는 사람과 잘 이야기한다, 정리를 잘한다, 사람들의 목소리를 잘 구별할 수 있다, 어울리는 색깔을 잘 찾는다.' 등등 찾아보면 너희들만의 강점이 분명히 있을 거야.

이 과정을 거쳐 발견한 강점들을 잘 기억해야 해. 이 강점이 너희들을 더 멋진 사람으로 만들어 줄 보석이야. 그 보석을 더 갈고닦는 일, 그것이 바로 너희들이 나아가야 할 방향이야. 존경하는 이어령 선생님이 하신 말씀 중에 정말 감동을 받은 말이 있어. '100명의 사람이 모두 같은 방향으로 달리면 1등은 1명밖에 나오지 않지만, 100개의 방향으로 달리면 모두가 1등이 될 수 있다.' 너무 멋진 말이지? 너희들의 강점이 뭐든 그 강점을 소중히 여겨야 해. 그 강점을 키우기 위해 무엇을 하면 좋을지 생각하고, 그 강점이 우리 사회 어떤 부분에 필요할지, 어떤 사람들에게 도움을 줄 수 있을지 생각해봐. 그럼 너희 스스로가 멋진 사람이라는 것을 알게 될 거야.

그런 예는 얼마든지 찾을 수 있어. 예전에는 정리 정돈을 잘하는 것이 당연한 것처럼 여겨져서 특별한 강점이라고 인식하지 못했지만 요즘은 정리 수납 전문가들이 인기가 많잖아. 또 예전에는 그냥 옷을 잘 입는 사람, 못 입는 사람 정도로만 이야기했지만 요즘은 그 사람에게 어울리는 색깔을 찾아주는 일도 멋진 전문직이 되었어. 시대가 바뀌고 직업이 세분화되면서 없던 직업도 많이 생기고 있으니 너희들의 강점을 발휘할 수 있는 일이 분명히 있을 거야. 만약 그런 일이 지금은 없다고 해도 너희들이 그 일을 하는 1호가 되는 것도 진정 멋있는 일이야. 그러니 너희들의 강점을 강화하면서 너희들만의 방향으로 달려봐.

남들과 나를 비교해서 기죽을 필요 하나도 없다는 것을 이제 알겠지? 다른 사람들이 너희들을 어떻게 생각하는지는 중요하지 않아. 너희 스스로가 너희를 아끼고 소중하게 여겨야 해. 그리고 너희가 잘하고 좋아하는 일에 집중해 봐. 부모님들이 반대하시지 않을까 이런 걱정은 하지 않아도 된단다. 아무리 나에게 소중한 사람이라도 그 사람이 나를 대신해서 살아줄 수는 없는 일이야. 물론 나 또한 그 사람을 위해 살아줄 수 없지. 결국 인생은 내가 소중한 나를 돌보고 아껴주면서 나만의 방향을 찾아 살아가는 거야. 그 방향을 찾을 때 필요한 것이 나를 사랑하는 일이지. 나에 대한 사랑이 없으면 그 방향에 대한 확신을 얻기 힘들어. 처음에는 '이 방향이 맞는 걸까?' 하고 방향을 의심하겠지. 그러다가 그 의심이 방향이 아니라 스스로를 향하게 되면 힘 있게 밀어붙일 수 없어. 포기해 버리는 거야.

너희는 온전히 너희 인생의 주체로 스스로를 사랑할 책임이 있는 사람들이야. 남들과의 비교가 아니라 너희 안에 있는 자신의 여러 특성들을 들여다보고 비교해야 해. 나와 비교할 수 있는 것은 오직 나뿐이야. 그 바탕에는 자신을 긍정하는 마음이 반드시 필요하다는 것도 잊지 말고. 자, 이제 책을 덮고 자기의 강점을 찾는 것부터 한번 해볼까. 스스로를 소중하게 여기는 출발이 될 거야. 준비됐니?

6.
힘들 때일수록
자신에게 투자해 봐

오늘의 나를 만든 것은 어제의 나야. 마찬가지로 내일의 나를 만드는 것도 오늘의 나란다. 어떤 일을 해야 할까 고민하다가 하고 싶은 일을 드디어 찾았다면 이제 그걸 하면 되겠다! 생각하겠지. 그런데 그 일을 할 수 있는 기회가 당장 나에게 오지 않을 가능성도 있어.

학교라는 울타리를 벗어나 사회로 나가야 하는 너희들에게 그 첫 관문이 취업일 거야. 파트타임으로 하는 아르바이트도 좋고 정시 출근, 정시 퇴근 하는 일자리일 수도 있지. 어쨌든 사회에서 살기 위해서는 돈이 필요하고 경제활동을 해야 하잖아. 그 기회를 잡기 위해 여러 번의 도전을 해야 해.

아르바이트나 취업을 하기 위해 이력서를 내도 소식이 없고 어쩌다 면접 기회가 오더라도 면접에서도 계속 떨어지다 보면 자존감이 바닥을 치는 순간이 올 거야. 힘내라는 말과 함께 이력서는 기본 이백 통을 보내는 거라고 말하는 사람들도 있어. 그래도 '다른 친구들은 쉽게 직장을 구하는 것 같은데 나만 왜 이러나.' 하는 생각이 들고 마음이 복잡해지지. 그러다 보면 자신감도 떨어지고 자신이 마음에 들지 않아 거울도 보기 싫어져. 외모부터 목소리, 습관 하나하나가 다 마음에 걸리고 기분이 가라앉을 거야. 어떤 날은 기분이 바닥을 뚫고 지하까지 내려가기도 하고. 그럴 때는 어떻게 분위기를 반전시킬 수 있을까?

지금 내가 원하는 대로 일이 풀리지 않는 것은 과거의 내가 별로 노력을 하지 않았기 때문일 수도 있어. '나는 열심히 살았다고요!' 하고 억울한 마음이 든다면, 열심히 살았다고 해도 내가 하고 싶은 일과 관련한 노력이 없었을 수도 있겠지. 방향 없이 갈팡질팡 우왕좌왕하며 바쁘게만 살았지 정작 중요한 것을 놓쳤을지도 몰라. 그럴 때는 왜 이렇게 되는 일이 없냐며 화를 내기보다 나에게 투자해 봐. 내일의 내가 하고 싶은 일을 할 수 있도록 지금부터라도 노력해 보는 거야. 늦지 않았어. 주저앉아서 슬퍼할 시간이 없어.

내가 하고 싶은 일을 위해 정말 열심히 노력했다고 소리쳐 말하고 싶은 사람도 있을 거야. 선생님도 알아. 세상을 살다 보면 노력에 비해 많은 것을 얻는 사람들도 분명 있고, 노력에 비해 결과가 보잘것없는 사람도 있게 마련이야. 노력한 만큼 정확하게 결과가 온다면 훨씬 명확하고 좋을 텐데 그렇지 않은 세상이라는 것이 슬프지만, 그건 누구도 어찌할 수 없는 일이란다.

그럼 아무리 노력해도 안 되니까 그냥 포기해야 할까? 그럴 수는 없어. 그러기에는 너희에게 너무나 많은 시간과 가능성이 있잖아. 누구나 그럴 때가 있어. '왜 이렇게 되는 일이 없지? 왜 나는 이렇게 일이 안 풀리지?' 이런 생각이 들 때 말이야. 그럴 때는 다른 사람과 경쟁해야 하는 일보다 자기 자신에게 투자하는 일에 집중하는 것이 제일 좋아. 내일의 나를 보다 능력 있는 사람으로 만들어주는 그런 투자를 하는 거야.

투자가 어렵다는 말도 많이 하고 투자했다가 실패했다는 사람도 많지만 절대로 실패하지 않는 투자가 있어. 그건 바로 교육과 건강을 위한 투자야. 무언가를 배우고 새로운 경험을 하는 것, 그리고 건강을 유지하고 체력을 키우는 일은 언제나 오늘보다 더 나은 너희를 만들어주는, 절대로 실패하지 않는 투자란다. 이 투자는 시간이 좀 걸리고 투자의 결과가 당장 눈에 드러나지 않는 단점이 있어. 그러다 보니 중간에 포기하는 사람들도 많아. 하지만 일단 하기만 하면 무조건 오늘보다 더 나은 너희가 될 수 있다는 장점도 있어. 이렇게 노력한 시간들은 너희들에게 어떻게든 남아 있을 거야. 그래서 포기하지 않고 노력하는 과정 자체로도 성공이라고 할 수 있어.

아무리 내가 하고 싶은 일을 찾았다고 해도 그 일에 내가 적합한 사람이 아니라면 내가 그런 사람이 되기 위해 나에게 투자를 해야겠지. 유튜버가 되고 싶다면 영상을 찍고 편집하는 것을 배워야 하고 이모티콘을 만들고 싶다면 컴퓨터로 그림 그리는 프로그램과 움직이는 이모티콘을 만드는 방법을 배워야 할 거야. 영화를 번역하는 사람이 되고 싶다면 외국어 공부를 해야 하고.

우리가 하고 싶은 일을 찾고, 또 그것을 현실로 이루기 위해 갖추어야 하는 것들이 꽤 많아. 그런 과정을 거치며 우리는 점점 더 대체 불가능한 사람으로 성장하는 거야. 그런 과정 없이 어느 날 갑자기 짠! 하고 나에게 기회가 오는 것은 불가능에 가까운 일이야. 정말 운이 좋아서 준비 과정 없이 그런 기회가 왔다 해도 두 번으로 이어지기는 힘들어.

어떤 노력이든 결국 나를 성장시키는 데에 도움이 되지만 기왕 하는 노력이라면 내가 원하는 것에 한 발 다가갈 수 있는 투자를 하는 것이 더 좋을 거야. 그렇게 진정으로 하고 싶은 일에 조금씩 다가가기 위해 스스로에게 투자해 봐. 이건 다른 사람과 경쟁할 필요가 없는 일이니까 너희들의 상황에 맞게 너희들이 할 수 있을 정도로 계획을 세우고 매일 조금씩 해나가면 돼. 남들보다 잘하려고 하지 말고 오늘의 나보다 잘하려고 하면 되는 거야. 사실 날마다 성장하는 것이 굉장히 힘든 일이란다. 별생각 없이 하루를 보내다 보면 시간이 훅 지나가 버리거든.

이렇게 해보자. 우선 너희들이 꿈꾸는 미래에 한 발씩 다가가기 위해 무엇이 필요한지 생각해서 투자 목록을 만들어봐. 투자 목록이 나오면 어떤 순서로 투자할 것인지를 정하는 거야. 시간이 많이 걸리는 것은 장기 목표에 두고, 몇 개월 안에 마무리되는 일이 있으면 그것을 어떤 순서로 할지 계획을 세워보는 거야. 도장 깨기처럼 하나씩 이뤄나가는 것도 꽤 매력 있는 일이 될 거야. 그렇게 자신에게 투자하는 시간이 켜켜이 쌓이다 보면 당장은 티가 나지 않더라도 3개월, 6개월, 1년이 지나다 보면 분위기부터 달라지고 표정이나 아우라가 달라진단다. 주변 사람들로부터 뭔가가 달라졌다, 뭔가 멋있어졌다는 말을 듣게 될 거야.

선생님은 마흔이 다 된 나이에 한국어 선생님이 되고 싶어서 다시 공부를 시작했어. 정말 힘든 시기였지만 나를 위해 투자한 그 시간 덕분에 새로운 길이 열렸어. 늦은 나이에 시작한 투자였지만 지금 세계 사람들에게 한국어를 가르치며 인생이 바뀌게 되었으니 너희들은 걱정할 것이 하나도 없어. 지금이 제로라고 생각하면 거기서 시작하면 돼. 지금 시작해도 뭐든지 할 수 있는 나이잖아. 젊었을 때 몇 년은 정말 아무것도 아니야. 지금 너를 위한 투자가 당장 눈에 보이는 결과가 없어 뒤처지는 것 같아도 걱정하지 마. 인생은 단거리가 아니라 마라톤이란다.

그리고 체력을 키우는 것이 얼마나 중요한지 알았으면 좋겠어. 건강을 위한 투자도 잊지 말아야 해. 선생님도 아침에 가벼운 스트레칭을 한 지 3년 정도 되었는데 기초 체력이 좋아졌다는 것을 느낄 때가 많아. 20분 정도밖에 안 되는 짧은 시간이지만 기간이 길어지면서 조금씩 조금씩 체력이 좋아진 것 같아. 아무리 내가 하고 싶은 일이 있고, 그것을 위해 준비를 잘했다고 해도 체력이 따라주지 않으면 아무것도 할 수 없어. 건강은 나빠지고 나서 치료하는 것보다 건강할 때 지키는 것이 훨씬 수월하다는 것 알고 있지? 지금은 어리고 젊으니까 건강의 중요성을 못 느낄 수도 있는데 절대로 후회 없는 선택이 될 거야.

선생님도 이렇게 오랫동안 운동을 한 것이 이번이 처음이야. 어떻게 3년을 꾸준히 할 수 있었는지 비결을 알려줄게. 일단 주 2회, 주 3회보다 매일 하는 것이 더 좋아. 일주일에 몇 번이 되면 아침에 자꾸 오늘 안 해도 되는 핑계를 생각하게 되더라. 그러다 결국 목표를 못 채우는 주도 생기게 돼. 그렇게 미루는 자신을 보지 않으려면 그냥 매일 하는 것이 좋아. 또 하나의 비결은 어쩌다가 못 하는 날이 생겨도 상처받지 않는 거야. 다음 날부터 다시 하면 돼. '아! 실패했다. 나는 왜 이렇게 끈기가 없을까. 언제나 작심삼일이라니까!' 이렇게 생각하고 포기하는 경우가 많잖아. 어쩌다 한 번 놓칠 수도 있는 거야. 그냥 또 하면 돼. 선생님도 365일을 하루도 빼먹지 않고 하지는 못해. 일 년에 350일 정도 하는 것 같아. 성공한 날은 하루의 시작이 달라져. 기분도 좋고 건강도 챙기고, 나를 예뻐하는 마음도 생기니 일석삼조는 되는 것 같아. 너희들도 건강에 대한 투자를 꼭 하기를 바라.

많이 힘들지? 지금 너희들에게 필요한 것은 좌절이 아니라 자신에게 투자하는 거야. 잠시 웅크리고 힘을 모으면서 더 나은 내가 되기 위해 노력하면 돼. 그 투자와 노력, 시간이 1년 후, 3년 후, 5년 후 너를 완전 다른 사람으로 만들어줄 수 있단다.

절대 손해 보지 않는 투자! 자신에게 투자하렴.

7.
차선이 모이면
최선이 되기도 해

　지금 현재 최고의 자리에 오른 사람들의 인터뷰를 보면 깜짝 놀랄 때가 있어. 최고가 된 그들은 재능을 타고났고 그 재능으로 어려움 없이 최고가 되었다고 생각했는데 그렇지 않다는 것을 알게 될 때 그렇지. 어느 날 갑자기 유명해졌다고 해서 그 사람이 하루아침에 그 자리까지 온 것은 아니라는 것도 알게 될 거야. 사람들이 알아보는 것은 그 사람이 최고의 자리에 오른 후지만 그 이전에도 그 사람들은 어디에선가 열심히 시간을 보내고 있었다는 것을 생각해야 해.

　내가 원하는 일만을 하면서 살 수 있는 사람은 거의 없어. 그리고 처음부터 만족스러운 결과를 내는 사람도 거의 없고. 내가 원하는 일, 하고 싶은 일을 정했다고 그 일이 아니면 안 된다고 고집부리는 사람들도 있어. 그 일이 아니면 하지 않을 거라고 생각하는 사람들은 자신을 위해 열려 있는 문을 스스로 닫아 잠그는 것과 같아. 원하는 그 일만 기다리고 있으니 기회의 폭이 훨씬 줄어들겠지. 최선만을 기다리다가 아예 모든 기회를 놓칠 수도 있다는 것을 생각해야 해.

예를 들어볼까? 만약 무역 회사에서 일하고 싶은 사람이 있다고 생각해 보자. 그럼 그 사람은 무역 회사에 이력서를 내고 면접을 보겠지. 그런데 무역 회사에 면접을 보면 자꾸 떨어지는 거야. 그때 오기가 생겨서 '내가 이기는지 네가 이기는지 한번 해보자.' 하는 마음으로 될 때까지 도전하는 사람이 있다고 쳐. 이것은 여러 이유로 소모적이야. 일단 자신감에 상처를 입게 되지. 그리고 계속해서 떨어지는 데에는 뭔가 이유가 있을 텐데 그 이유를 모른 채 습관처럼 도전만 하게 될 수도 있거든.

그때는 정확하게 원하는 일이 아니라도 무역 회사와 비슷한, 어떻게든 무역 회사와 관계가 있는 다른 일을 해보는 것도 좋아. 완전히 원하는 일은 아니지만 무역 회사와 거래하는 유통 회사에서 일을 해본다거나, 요즘에는 해외 구매 대행이나 해외 물건을 스마트 스토어에서 판매하는 사람들도 있으니 그 일을 해보는 것도 좋겠지. 내가 가장 원하는 일은 아니었지만 그 꿈을 향한 방향성을 잃어버리지 않으면서 차선을 택하는 것도 나를 성장시키는 방법이야.

너희들은 최선의 선택만이 내 꿈을 위한 가장 빠른 길인 것 같고, 차선을 선택하면 돌아가는 길인 것 같은 생각이 들 수도 있어. 그뿐만 아니라 최선을 포기하는 것이 내 의지를 굽히는 일 같아 자존심이 상하기도 할 거야. 그러나 내가 원하는 길만을 선택지에 두는 것은 최선의 길만을 고집하다가 내가 원하는 길을 아예 놓치는 선택과 마찬가지 결과를 불러올 수도 있어. 차선이라도 좋으니 시작해 보는 것을 추천해.

공무원 시험을 준비하거나 임용 고시를 준비하는 사람들이 정말 많지? 기자를 꿈꾸며 언론 고시를 준비하는 사람, 방송국 아나운서를 준비하는 사람 등등 자신의 꿈을 이루기 위해 온 힘을 다해 그 길을 가고 있는 사람이 많을 거야. 내가 원하는 시험에 합격하지 못했을 때 1점 차이로 떨어졌다고 아쉬워하며 5년, 6년, 아니 거의 10년 정도를 시험 준비에 매달리는 사람들도 많다고 들었어.

자신의 꿈을 위해 도전하는 그 사람들은 과연 기쁜 마음으로 그 긴 시간을 보낼 수 있을까? 그 시간 동안 받는 스트레스는 말도 못 할 거야. 직장에 다니는 친구들과 만나기도 꺼려지고 계속해서 부모님의 지원을 받아야 하는 자신의 모습이 못나 보이기도 하겠지. 그런 상황이 지속되면 결국 나에 대한 확신이 흔들리게 마련이야. 자연히 공부가 잘될 리가 없어. 몇 년째 같은 것을 공부하고 있으니 재미도 없고, 지쳐 있겠지. 외적인 데서 오는 스트레스도 무시 못 해.

그럴 땐 최선은 아니더라도 차선에도 한번 눈을 돌려봐. 교사가 되기 위해 임용을 준비하고 있다면 기간제 교사로 지원도 해보는 거야. 기간제로 학교에서 일을 하다 보면 정교사는 아니지만 학교의 시스템에 대해 알게 되고 직접 현장에서 아이들을 만나면서 이론으로만 배웠던 교수법이나 교육학적 지식을 현장에 적용해 볼 수도 있어. 그럼 책상에서만 하던 공부가 머리에 쏙쏙 들어오며 '아~, 그래서 이런 이론이 생겼구나.' 하며 바로 이해가 될 거야. 기간제 경험이 있으니 나중에 임용 고시에서 모의수업을 할 때도 훨씬 잘할 수 있을 거야. 기간제도 경쟁이 치열해서 나에게 기회가 오지 않는다면 학원 강사도 괜찮아. 어쨌든 선생님이라는 방향성을 잃지 않는다면 그 경험들이 원하는 길로 안내하게 된단다.

'아무것도 하지 않으면 아무 일도 일어나지 않는다.' 이 말은 진짜 맞는 말이야. 내가 뭐라도 하고 있어야 그 자리에서 열심히 하는 나를 보는 사람이 생기고 비슷한 일들이 연결돼. 그렇게 스스로 새로운 기회를 잡고 새로운 문을 열면서 살아가는 거야. 그러다 보면 시간이 흘렀을 때 내가 원하던 곳에 이르러 있는 자신을 볼 수 있을 거야.

등산할 때 정상까지 빨리 가고 싶어서 직선거리로 간다고 생각해 봐. 너무나 험하고 가팔라서 중간에 다치기도 하고 포기하는 사람도 많이 생길 거야. 도저히 걸을 수 없는 길이라 덜컥 겁이 나기도 할 거야. 결국은 최단거리가 가장 빠른 길은 아니라는 것을 알게 되는 때가 오겠지. 거리로는 몇 배나 더 멀지만 산등성이를 타고 돌아서 가는 길이 꾸준히 갈 수 있으니 정상까지 더 빨리 오를 수 있는 방법이 되기도 해.

인생도 이와 같다고 생각해. 빨리 가기 위해 최선만 선택하려고 하다 보면 사회 속에서 너희를 성장시킬 수 있는 기회가 점점 미뤄지는 거야. 사회는 빠르게 변하고 발전하고 있는데 너희는 계속 제자리에 있으니 더욱 그 기회가 줄어들게 된단다. 변화하는 사회에서 제자리에 있다는 건 뒤로 처진다는 거잖아. 결국 시대의 흐름에 발맞추지 못하는 구성원이 될 수 있다는 거야.

그러니 진로를 결정할 때는 '내가 원하는 것이 아니면 절대로 안 돼.' 이렇게 생각하면 좋지 않아. 너희들이 하고 싶은 것만 하려고 하는 고집 때문에 너희를 향해 내민 세상의 손을 거절하지 않기를 바라. 하고 싶은 일과 조금의 관련만 있어도 일단 해보는 거야. 모든 일은 결국 사람이 하는 것인데 사람들이 너희를 볼 수 있어야 해. 문을 열고 나가야 하는 거야. 너희가 바라보는 시선만 고집한다면 너희를 볼 수 있는 사람이 많이 없을 수 있잖아. 봐야 알게 되고 알아야 또 다른 기회를 줄 수 있는 거야.

차선을 선택하는 것이 결코 꿈을 접는 것이 아니라는 것도 기억했으면 해. 조금 다른 일을 하더라도 내가 원하는 것에 대한 방향성이 있다면 결국은 그 길로 가게 되어 있어. 차선을 선택해서 하다가 그 일이 예상외로 나와 잘 맞는 일이라는 것을 발견할 수도 있어. 요즘은 세상이 너무 빨리 변하기 때문에 차선이었던 것을 하는 동안 내가 몰랐던 새로운 일이 생길 수도 있는 거야. 차선도 좋으니 하다 보면 새로운 문이 열리고 원하는 일에 한 걸음 다가갈 수 있어. 최고의 타이밍을 기다리느라 눈앞에 있는 기회를 놓치는 일이 없기를 바라. 너희들이 차선의 길도 기쁘게 가면서 최선의 방향을 향해 나아가기를 응원할게.

8.
기억에 남는
사람이 되어야 해

아르바이트를 해봤니? 하루나 이틀 정도 잠깐 하는 아르바이트도 있고 몇 달 이상 계속되는 아르바이트도 있지. 편의점, 식당, 카페 등에서 요즘은 정규직을 두는 대신 파트타임으로 여러 명을 쓰는 곳이 많이 있어. 그럼 적어도 같은 가게에서 아르바이트를 하는 사람이 4~5명이 되는 거야. 그렇지? 며칠만 일하고 안 나오는 사람도 많다고 들었는데 그럼 사장님 한 명이 일 년에 만나는 아르바이트생은 20명이 훌쩍 넘겠지. 너희들이 만약 아르바이트를 해봤다면 그 사장님들이 너희를 기억하고 계실까? 만약 기억하신다면 어떻게 기억하고 계실지 생각해 봤니?

우리는 어디에 가든 어디에서 무슨 일을 하는 사람들을 만나게 되어 있어. 너희들이 하는 작은 행동 하나, 말투 하나를 중요하게 생각할 필요가 있다는 말을 하고 싶어. 물론 다른 사람들을 지나치게 의식할 필요는 없어. 하지만 어떤 곳에서도 너희를 눈여겨보는 사람이 있을 수 있고 그 사람이 새로운 기회의 문을 열어줄 수도 있다는 말을 하려는 거야. 선생님이 하는 말을 오해하지 않았으면 하는데, 이건 다른 사람들에게 잘 보이기 위해 어떤 행동을 하라는 말이 아니야. 작은 일이라도 열심히, 진심으로 하다 보면 다른 사람과의 차별성이 생긴다는 말이란다. 그 진심을 알아보는 사람이 있게 마련이야.

선생님이 초등학교에 다닐 때는 학교에서 단체로 우유를 주문해서 마셨어. 2교시 마치고 나면 주번이 우유를 가지러 가야 했는데 그때는 학급당 학생 수가 많았으니 180㎖ 우유를 40개 정도 가지고 와야 했어. 초등학생이 혼자 들기에는 좀 무거운 무게여서 주번 두 명이 같이 갔어. 내가 주번일 때 다른 주번 친구와 같이 우유를 가지러 갔는데 그 친구가 팔이 아프다고 해서 혼자 낑낑대며 우유를 들고 갔어. 운동장을 가로질러 제법 먼 거리였는데 손가락도 아프고 팔도 아팠지만 친구가 아프다니까 혼자 들고 갔지. 교실에 거의 다 왔을 때쯤 그 친구가 "무겁지? 이제 좀 괜찮으니까 내가 들게." 이렇게 말하면서 우유 상자를 들더라. 좀 놀랐지만 팔도 너무 아팠으니 친구에게 우유 상자를 주고 나는 뒤를 따라갔어. 그때 담임선생님이 우리를 보시고 무거운 우유 상자를 혼자 들고 오는데 도와주지 않는다며 나에게 핀잔을 주셨어. 어린 마음이지만 너무 억울했어. 아무 말도 하지 않는 친구도 얄미웠고.

그런데 진실은 시간이 좀 걸리더라도 밖으로 드러나게 되어 있어. 주번을 두 명씩 하니까 그 친구가 다음에 주번을 할 때는 다른 친구와 하게 되었어. 그때도 선생님이 오시는 것을 보고 자기가 우유 상자를 뺏다시피 해서 들었는데 그 전부터 선생님이 보고 계셨던 거야. 그리고 그전에 있었던 일을 기억하시고는 자세히 물으셨어. 몇 달이나 지났지만 오해가 풀려서 정말 기분이 좋았던 기억이 나. 담임선생님이 학생들을 지켜본 결과 내가 그렇게 할 성격이 아니라는 것을 알게 되신 것이고 그 친구가 선생님이 보실 때와 아닐 때 다르다는 것을 눈치채고 관찰하고 계셨던 거야. 결국 누군가는 지켜보고 있다는 것이 이럴 때 쓰는 말이 아닐까.

대입 학력고사를 치고(선생님은 학력고사 세대야.) 겨울 방학 때의 일이야. 입시에서 해방되고 온전히 쉴 수 있는 첫 번째 방학이라는 것이 정말 설레는 일이었는데 뭘 할까 고민하는 것도 재미있었어. 나의 다양한 아르바이트 역사가 바로 이때 시작되었지. 가방과 지갑, 벨트 등으로 유명한 브랜드의 매장에서 아침 10시부터 저녁 9시까지 하루 종일 판매원으로 일을 하게 되었어. 방학을 시작한 바로 그 주부터 대학 입학 전까지 하기로 했어. 겨우 열아홉 살의 고등학생이 뭐가 좋고 뭐가 예쁜 건지 가방에 대해 알 리도 없고, 가족, 친구, 선생님이 아닌 사람들과 하루 종일 같은 공간에 있는 것도 처음이라 엄청 긴장했었어. 다행히 판매원 언니들이 너무 친절하게 잘해줘서 빠르게 적응할 수 있었어.

핸드백에 대해 너무 모르니까 손님들이 뜸한 시간에는 전시되어 있는 것을 하나하나 열어 보고 다른 제품과 비교도 하고, 비슷한 것 같은데 가격 차이가 많이 나는 건 왜 그런지 언니들에게 물어보며 점점 전문 지식도 쌓아갔어. 그런데 일주일에 한 번씩 본사에서 물건이 내려오더라고. 그날이면 언니들은 아침 7시에 출근한다는 것을 알게 되었어. 좋아하는 언니들이

다 일찍 출근한다고 하니까 나도 그냥 7시에 출근했어. 처음 7시에 출근했을 때 언니들이 깜짝 놀라던 표정이 아직도 생각나. 본사에 아르바이트 근무시간이 정해져 있어 일찍 나온다고 월급을 더 받을 수 있는 게 아니라며 언니들이 일찍 안 와도 된다고 했어. 그때는 시급에 대한 개념도 없었고 그냥 언니들이랑 물건 정리하는 게 재미있어서 매번 일찍 나가서 언니들과 같이 일했어.

　일찍 출근해서 제품 번호별로 수량 확인하고 창고에 넣고, 신상들 따로 분류해서 디스플레이도 바꾸고 하다 보니 일도 더 잘 알게 되었지. 판매가 일어나면 알아서 창고에서 새 상품을 가져오고 재고 체크를 하고 이런 일을 다 알아서 할 수 있게 되었어. 그러다가 2월에 예비 대학을 가면서 이런저런 일들이 많아져서 아르바이트를 계속할 수 없게 되었단다. 언니들이 많이 아쉬워했어. 그리고 내가 빠지면 너무 바빠진다며 아르바이트할 친구를 소개해달라고 했어. 며칠 공백이 있었지만 다른 친구가 이어받고, 그 친구도 또 못 하게 되어 공백이 생기고 했나 봐.

　월말에 월급이 들어왔는데 돈이 너무 많은 거야. 이상하다 싶어 언니들에게 전화를 했더니 본사에서 아르바이트 급여가 나왔는데 아르바이트가 없는 날이 생겨서 그 공백 기간의 돈을 나에게 준 거라고 했어. 언니들이 의논했는데 만장일치로 나에게 주기로 했다는 거야. 그러면서 언니들이 대학 입학 선물도 제대로 못 해줬는데 예쁜 옷도 사고 맛있는 것도 먹으라며 가끔 놀러 오라는 말도 덧붙였어. 글쎄 그때 뭔가 마음이 먹먹하면서 울컥

했던 것 같아. 어린 나이였고 처음 하는 아르바이트여서 서툴기도 했을 텐데 실수해도 괜찮다며 용기를 주던 언니들이었잖아. 언니들이 좋아서 함께하고 싶었던 나의 진심을 알아줬다고 생각하니 심장이 조금 아플 정도로 감동적이었어. 그 매장에 아르바이트를 한 사람이 정말 많았을 텐데 기억에 남는 아르바이트생 중 한 명이 아니었을까.

그때를 시작으로 정말 다양한 아르바이트를 했지만 일을 그만두게 될 때는 언제나 시간이 되면 다시 오라는 말과 열심히 해줘서 고맙다는 말을 들었어. 아르바이트로 그곳에서 일을 하지만 같이 시간을 보내다 보면 이런저런 이야기도 나누게 되고 전공이나 관심 분야에 대해 서로 대화를 하기도 하잖아. 내가 국어 전공이라는 말을 기억했다가 과외를 소개해주기도 하고 친구분이 하는 학원에 면접을 보라는 이야기도 해주고 그렇게 연결이 되기도 했어. 아르바이트를 하는 태도를 보면 충분히 소개해줄 만하다고 생각하셨기 때문이 아닐까.

무슨 일을 하든 어차피 하는 일이라면 열심히 했을 때 스스로도 보람을 느끼고 그 시간을 통해 뭐라도 배울 수 있는 거라고 생각해. 수많은 아르바이트생 중 한 명이 아니라 너희들을 각인시킬 수 있으면 정말 좋을 거야. 그러려면 무슨 일이든 진심으로 최선을 다해야 해. 그렇게 누군가에게 기억에 남는 사람이 되면 기대하지 않았던 곳에서 새로운 기회의 문이 열리기도 할 거야. 누군가는 보고 있어. 그게 너희들일 수도 있어. 열심히 했는지 아닌지 스스로가 더 잘 알잖아. 기억에 남는 사람이 되어야 해.

일을 하며 버는 돈이 너의 경력이 된단다

서쌤: 서명은

1.
세상이
불공평하다고 느껴지니?

혹시, 그거 알아? 옛날 사람들은 지구가 평평하다고 생각했다는 거? 하지만 지금은 지구가 둥글다는 사실을 모르는 사람이 아무도 없지. 인공위성이 찍은 지구의 사진 한 장만 보아도 누구나 알 수 있는 사실이니까. 선생님이 왜 갑자기 과학 시간에나 물어볼 법한 질문을 하냐고? 왜냐하면 지금은 누구나 알고 있는 이 사실도 옛사람들은 그럴 리 없다고 부정하고 믿지 않았지만 결국은 모두가 인정하게 된 것처럼. 선생님이 너희보다 더 어린 시절부터 부정에 부정을 거듭하고 싶었지만 인정하게 된 진실 하나를 지금부터 얘기해주려고 하거든.

선생님의 초등학교 시절 이야기야. 선생님의 등굣길은 길옆의 커다란 저수지 한편에 풀을 뜯어 먹으며 가끔 사람 지나가는 소리에 고개를 돌리던 소와 송아지가 있고, 그 소들이 무서워 후다닥 뛰어서 벼, 보리가 자라는 논과 밭을 돌아가야 버스 정류장이 있을 정도로 시골 동네였지. 그런 시골 동네에서도 선생님의 어머니는 교육에 신경을 쓰시는 분이라 피아노도 배우고, 주산 학원도 다니고 나름의 기회를 많이 가졌던 것 같아. 시골에서 뛰어놀게 하기보다는 학원을 꾸준히 보낼 정도로 신경 쓰는 집에서 학교에 다니면서 부족하다는 생각 없이 학생의 본분을 열심히 하고 있었어. 그렇게 주어진 환경에서 일상을 반복하다가 초등학교 6학년 때, 선생님에게 보인 환경이 아닌, 진짜 세상에 눈뜨게 되는 사건이 시작됐어. 아버지가 사업을 하셨는데, 동업자가 도망가면서 부도가 나게 됐다는 거야. 순식간에 가족의 일상이 아수라장이 되었어.

드라마에서나 보던 일이 눈앞에 벌어졌지. 선생님이 연습하던 피아노부터 오래된 재봉틀에 이르기까지 집 안에 보이는 물건 전부에 새빨간 딱지가 가득하고 손을 대면 안 된다는 경고를 들어야 했거든. 분명 우리 집인데, 우리 집이 아닌 것처럼 변해버린 곳에서 진짜 변한 사람들을 맞닥뜨린 게 더 무서웠어. 바로 어제까지 이모, 삼촌 하며 인사하던 부모님의 지인들이 집으로 찾아와서 부모님을 찾으면서 욕하고 소리치며 집을 난장판으로 만들었거든. 급변하는 상황을 받아들이기도 전에 선생님은 정신을 차려야 했어. 선생님은 그 집안의 큰딸, 즉 요즘 말로 K-장녀였거든.

동네에 유일하게 있던 미용실을 하시는 어머니 덕분에 선생님 4남매는 대부분 선생님의 할머니 손에 자랐었어. 그래서인지 선생님이 매일같이 듣던 얘기가 "큰딸 노릇을 해야 한다.", "네가 큰딸이고 장녀니까 동생들 다 책임지고 건사해야 한다."는 말이었어. 주문처럼 늘 하시던 할머니의 그 말씀이 곧 선생님에게는 일종의 세뇌이자 암시 문구가 됐던 것 같아. 진짜 그 말을 행동으로 보여줘야 하는 사건이 생기니까 선생님은 제대로 각성을 했던 것 같아. '지금이 진짜 큰딸 노릇을 해야 할 때구나.' 사실 선생님이 무슨 힘이 있겠어? 아무리 굳은 결심을 해봤자 초등학교 6학년 여학생일 뿐인걸.

그러나 매일같이 찾아오는 사람들의 원망과 험한 말들을 혼자서 받아내는 선생님의 엄마를 보며 마음을 다잡게 되더라고. 엄마는 그 사람들의 악다구니와 원성을 남편 대신 온몸으로 맞으며 묵묵히 들어주셨지. 당시 아빠는 사라진 동업자를 찾아야 한다며 매일같이 밖에 계실 때였거든. 일단 집으로 돌아오는 엄마에게 다른 곳으로 가셨다가 늦은 밤이나 새벽에 오시라고 등을 떠밀었어. 처음에 엄마는 싫다고 하시면서 집에 계셨어. 그런데 원망과 하소연을 쏟아낼 엄마가 앞에 있어서인지 그 사람들이 더욱더 힘을 얻어 더 큰 소리로 모진 말들을 쏟아냈지. 그래서 선생님은 엄마를 집 밖으로 보내기 시작했던 것 같아. 아마도 그 사람들이 엄마한테 하는 것보다는 어린애한테는 덜 하겠지 하는 막연한 기대감이 있었나 봐.

실상은 전혀 그렇지가 못했는데 말이야. 그 사람들은 선생님의 엄마에게 쏟아내던 말들을 선생님에게도 마구 쏟아냈고, 방문 앞을 지키며 책을 읽는 선생님에게 온갖 험한 말들을 하며 마음 다칠 기회들을 아낌없이 주었거든. 그런데 신기하게도 선생님은 무섭다는 마음이 아닌, 무조건 가족들을 지켜야 한다는 생각밖에 없었어. 그거 알아? 사실 선생님은 그 어린 마음에도 그 사람들이 크게 무섭지는 않았어. 오히려 당장 언제 끝날지도 모르고 매일같이 펼쳐지는 아수라장의 어느 날, 선생님의 엄마가 그 모든 것을 지옥처럼 느끼고 우리를 다 남겨두고 사라질지도 모른다는 생각이 들었어. 막연하지만 왠지 그런 일이 일어나도 전혀 이상하지 않을 환경에 대한 두려움이 더 컸었지. 힘든 시간이 올 때마다 온갖 아수라장이 펼쳐졌던 과거의 그 시간들이 머릿속으로 반복되며, 선생님을 정신적으로 무력하고 나약하게 만들었어. 자존감이 바닥까지 끌어 내려지는 것 같아서 매사에 부정적인 태도로 살기도 했지. 그러나 결국은 이 모든 것이 현실 상황임을 인정하고 받아들이는 삶의 자세를 바꾸기로 했어. '나는 이 현실을 벗어날 수 있다. 이 상황 안에 갇혀서 나를 망가뜨리기는 너무 싫다. 그러니 나는 더 부지런히 살아야 한다.' 누구보다 선생님 스스로 정신을 차려야 했어. 항상 새로운 것을 배우며 즐거워하던 학생의 본분도 중요했지만, 매일 펼쳐지는 현실 앞에서 제대로 살아남아야 했으니까.

누군가는 그런 현실 앞에서 더 열심히 공부해서 성공해야겠다는 다짐을 하며 살아냈겠지만, 그때의 선생님은 가족들이 흩어지지 않게 지켜야겠다는 생각, 빨리 커서 돈을 벌면 좋겠다는 생각만으로 버겁기만 한 10대였어. 그때부터 선생님은 더 악착같이 살아야 했어. 버텨내느라 버겁던 중·고등학교 시절을 거쳐 대학생이 될 무렵엔 세상은 너무도 불공평하고 자비마저 없다는 것을 알게 되었으니까.

대학생이 돼서 알바하며 생활비를 벌고, 장학금을 위해 잠을 줄여가며 공부할 때, 집에서 주는 용돈 받아가며 연애하고 여행을 다니는 학교 친구들을 보게 되었지. 스스로 돈 벌지 않고 공부만 해도 되는 부러운 일상이 누군가에게는 지극히 당연하고 귀찮은 일상인 걸 보면서 자꾸만 스스로 약해지고 남 탓하고 싶은 원망이 올라오는 마음을 붙잡아야 했어. 불편한 진실이지만 선생님은 여전히 홀로서기 같은 삶을 살아가야 하니까. 스스로 뿌리를 단단하게 내리고 버텨 살아낼 수밖에는 없었으니까. 태어난 환경이 다르고 성장하는 생활환경은 더 비교가 되는 사람들이 사방에 있어도, 선생님이 주저앉을 필요는 없잖아. 선생님의 인생이 10대, 20대의 상처받아 악에 받쳐 사는 모습 그대로 일시 정지되는 건 아니니까. 선생님 또한 하루를 살고 또 하루를 버텨내면 내 인생의 컷들이 더 좋은 명장면으로 바뀔 수 있다고 생각하는 겁 없고 열정 가득한 청춘의 시간을 보내고 있었으니까.

우리 모두는 같은 장소에, 같은 모습으로 놓인 공산품들이 아니잖아. 저마다 태어난 환경과 살아가는 방법, 삶을 대하는 태도는 다르지만 타고난 성향과 재능을 활용해서 보다 나은 삶을 만들어갈 수 있다고 생각해. 힘든 시기를 자신의 열정과 노력으로 조금씩 나은 모습으로 바꿔나갈 수 있는 청춘이기에. 우리들 누구에게나 공평하게 남아 있는 지금 이후의 미래라는 시간이 있기에. 힘겨운 오늘 하루보다는 안정감 있는 '내일'의 모습을 꿈꾸며 노력에 집중을 더해서 최선으로 살아가야 한다고 생각해.

우리들은 여전히 젊고, 스스로 바꿀 수 있는 빛나는 미래가 모두에게 '반드시' 있어. 또한 우리들을 응원해주는 가족, 친구, 인생의 선후배들이 있잖아. 서로 의지하고, 토닥이며 같이 앞으로 나아가면 돼. 풀어헤친 마음의 끈을 오늘부터 단단히 고쳐 묶고 지금 하루에 내 미래를 더한 만큼 책임감 있게 살아가자!! 인생의 불공평만을 파는 가게에서 계속 진열되어 있지 않겠다는 각오로. 우리들은 오늘보다 나은 미래를 꿈꿀 수 있는 열정과 희망이 가득한 행복한 청춘이니까.

2.
꿈을 선택할까?
돈을 선택할까?

　며칠 전 선생님의 친구가 갑자기 이런 질문을 했어. "너라면 '아주 좋아하는 일로 월 100만 원 벌기'와 '극도로 싫어하는 일로 월 1,000만 원 벌기' 중 어떤 걸 택할래?" 너무 고민이 된다고 말했지. 그런데 두 가지 중에 하나를 선택해야 하는 밸런스 게임이니까 순간 떠오르는 답을 빨리 말하라고 하더라고. 그러나 쉽게 답할 수 없었어. 선생님이 10대부터 늘 고민해 왔던 문제였으니까. 너희들은 이 질문에 지금 바로 답을 할 수 있을까?

　삶은 때로는 이렇게 아주 간단한 질문에 대답하면 되는 것처럼 포장되곤 해. 두 가지 선택지 중 하나를 고르면 그게 곧 너희들의 완벽한 답이 된 것처럼 쉬워 보일 때가 있어. 사실 삶에서 맞닥뜨린 선택의 순간들은 그렇게 균형을 맞춰서 물어봐주는 배려 있는 질문만 있는 게 아니잖아. 스스로의 선택이 늘 완벽한 답이라고 인정될 수 없다는 것을 너희들도 지금 크게 깨달아가는 중일 거야.

선생님에게 큰 의미로 다가온, 삶에서의 밸런스 게임의 첫 질문은 고등학교 진학을 결정하는 순간에 찾아왔어. 선생님이 고입을 결정해야 하는 시기에는 성적에 맞춰 인문계나 상계 학교를 선택한 후, 입학시험을 보고 합격생을 뽑았어. 그렇기 때문에 고등학교 입학도 못 하게 될까 봐 열심히 공부하고 또 공부했지. 선생님은 당시 인문계 갈 성적이 충분했지만 갑자기 어려워진 집안 사정 탓에 부모님 몰래 상고로 진학 원서를 썼어. 담임선생님께서 부모님과 충분히 상의된 게 맞는지 물어보셨고, 그렇다고 자신 있게 대답했지. 무사히 잘 넘겼다고 생각한 선생님의 예상은 하교 후에 빗나갔지. 선생님의 엄마가 대문 앞에서부터 기다리고 계시더라고. 아직도 기억나는 첫 마디는 "너 정말 후회 안 하겠냐?"였어. 아무런 말도 못 하는 선생님을 보며 "너는 책 읽는 걸 좋아하고, 그런 책을 써보고 싶다고 한 애가 상고 가서 계산기랑 컴퓨터 두드리며 살 수 있을 것 같아?" 어려워진 집안 형편에 혼자서 고민하다 선택했을 큰딸 때문에, 어두워진 얼굴로 얘기하시다가 혼자 끙끙대게 해서 미안하다고 우시더라. 결국 우리 모녀는 그렇게 한참을 마주 앉아 울었어. 그날 선생님의 속마음을 깨달았어. '아! 나는 상고 가도 괜찮다고 했지만 더 힘들어질 걸 알면서도 좋아하는 일을 하고 싶어 했구나!'라고. 선생님이 선택해야 하는 현실은 상고 가서 열심히 배우고 좋은 곳에 취업해서 집안에 보탬이 돼야 하는 큰딸이지만 결국 선생님은 그 어려운 형편에도 책 읽고 글 쓰는 꿈을 포기할 수 없다는 것을 다시 한번 느낀 거지. 아무래도 이상한 것 같다고 엄마에게 전화하셨던 담임선생님의 관심 덕분에 선생님은 다음 날 인문계로 원서를 바꾸고 남은 고입 시험 날짜 전까지 더 열심히 공부해서 여고에 무사히 합격할 수 있었어.

 '꿈'은 우리에게 도대체 뭘까? 잠자는 동안에 일어나는 현상들을 보고 듣고 얘기하는 거. 길몽, 악몽, 개꿈 같은 흔한 정의. 아니면 지금은 실현 가능성이 적은 것 같지만 앞으로의 우리들의 모습을 기대하며 두근거리게 만드는 생각? 선생님은 지금 너희들에게 진짜 스스로 실현하고 싶은 꿈이나 목표가 존재하는 건지 물어보고 싶어. 너희가 실현하고 싶은 목표를 원동력 삼아 가까운 미래에 이뤄질 것을 꿈꾸며 매일 아침 명확한 이미지로 되새겨야 한다고 말해주고 싶어. 꿈은 실현될 확률이 높을수록 좋은 꿈이라고 말하거나, 실현 가능성이 높은 사람들만이 가질 수 있는 전유물은 아니니까. 오히려 선생님처럼 힘들었던 과거를 지나오는 사람에게 더 필요한 게 목표와 꿈인 것 같아. 그때의 현실을 벗어날 수 있다고 꿈꾸었던 시간이 있었기에 지금까지 버텨올 수 있었으니까. 작고 보잘것없는 하루살이도 자신만의 온전한 하루를 꿈꾸는 것처럼. 한 사람에게는 날마다 버텨나갈 수 있는 기도문과 같은 존재가 되기도 하거든. 하루라도 한 시간이라도 일분 일초라도 쉬지 않고, 생각날 때마다 읊조리면 그 시간을 버텨나갈 수 있는 큰 힘을 주곤 하니까. '나는 결국 내가 원하는 길에 서게 될 것이다. 나는 이 삶의 비루함을 밟고 나가서 성공의 온전한 길 위에 서게 될 것이다. 나는 내 삶을 글로 쓰고 그것에 관해 모두와 이야기할 만한 자리에 서게 될 것이

다. 그게 온전히 내가 꿈꾸는 나의 길이다.' 선생님은 매 순간 이렇게 되새기며 정말 그렇게 될 수 있다고 꿈꾸면서 버틸 수 있었거든.

선생님은 돈을 반드시 벌어야 할 환경 속에서 자랐어. 희망 고문 같은 꿈을 읊조리며 하루하루를 버텨내기엔 녹록지 않은 시간이었지. 사는 게 지옥인 건가? 하는 시간들이 더 많았고, 지금의 생이 오늘 여기서 당장 끝나면 좋겠다는 생각으로 위험한 선택을 할 때도 있었어. 하지만 여전히 살아남아야 했기에 악착같이 버티고 있었어. 20대를 앞두고 두 번째 밸런스 게임이 다가오는 줄도 모르고.

선생님은 그사이 집안 환경이 더 어려워져서 그저 고등학교 졸업만 할 수 있기를 간절히 바라며 버텨내고 있었어. 대학교 진학은 포기해야 할 게 뻔한데, 수능 공부는 무슨 의미가 있을까 하면서 말이야. 어차피 졸업하고 취직자리 알아보러 다녀야 하지 않나? 진짜 고등학교 졸업은 할 수 있는 건가? 심각하게 고민했으니까. 나중에 선생님의 그 시절 이야기를 듣던 누군가는 어려운 환경에서도 열심히 공부해서 장학금 받아 대학교 가면 되지 않았겠냐고 얘기했었는데, 진짜 네가 그 환경에 있었다면 나만큼 제정신으로 버틸 수 있었겠냐고 역으로 질문하게 되더라. 여전히 집으로, 학교 앞으로 선생님한테까지 쫓아오는 빚쟁이들 때문에 정상적인 고등학교 생활도 할 수가 없었어. 그때의 선생님은 '최대한 친구들에게 이 재앙 같은 삶을 들키지 않고 졸업까진 버텨야 한다.'는 생각만으로도 온몸의 피가 빠져나가는 듯해서 사춘기라는 단어조차 잊어버린 여고생이었으니까.

선생님은 꿈을 이루기 위해 기어이 대학을 갔지만, 생활비를 벌기 위해 원하는 만큼 대학 생활을 누리지는 못했어. 아침에 피시방이나 커피숍 아르바이트를 하고, 낮에는 학원에서 초등부 아이들에게 수업하고 학교로 허겁지겁 달려가서 강의를 들었지. 강의가 끝나고 집으로 가는 시외버스의 조그만 불빛 아래서 리포트를 쓰기 위해 매일 책을 읽었어. 아마도 선생님의 시력 절반 이상은 그때 안 좋아졌을 거야. 주말엔 부모님 몰래 국어 과외도 하곤 했어. 학비도 벌고 장학금도 도전해야 하지만, 생활비를 벌어 용돈을 마련해야 고등학교, 중학교에 다니는 동생들에게 간식이라도 사줄 수 있었거든. 선생님은 주머니에 500원 동전이나 1,000원짜리 한 장을 넣고 다니는 대학생이었지만, 동생들에게 사주는 간식 값은 전혀 아깝지 않았어. 4년제 대학을 2년 정도 휴학하고 주유소 알바와 사무실 경리 알바를 하며 열심히 학비를 모아서 6년 만에 졸업했어. 휴학 기간 동안 집안에 생활비를 보태주면서도 선생님은 결국 졸업을 해낸 거지. 대학교 입학 후 첫 MT 이후로 친구들과 어울릴 만한 과 활동도 제대로 못 하고, 마음의 안식을 주던 기독교 동아리 활동도 제대로 못 했지만 대학 졸업을 해냈잖아. 무엇보다 선생님이 읽고 싶었던 다양한 책들을 읽고, 토론하고, 밤을 지새우며 졸업 작품까지 써나가는 과정을 겪을 수 있었던 그 시간에 선생님은 충분히 감사하기로 했어.

꿈꾸기엔 너무나 열악하다고 생각하는 환경에서도 선생님은 늘 꿈을 되새김질하고 또 되새김질했어. '나는 지금보다 더 나아질 것이다. 결국 나는 내가 원하는 일을 하게 될 것이다.' 그러면서 끊임없이 몸을 움직여 학비를 벌고 생활비를 벌어서 스스로를 계속 일으켜 세웠지. 누군가가 그런 얘기를 했었어. "빚이 있으니까 게으를 틈이 없다."고. 끊임없이 움직여서 벌어야 할 이유가 있다면 쉽게 게으름을 피우지도 못하고, 아파도 아플 수가 없더라.

지금 너희들은 스스로의 발밑을 먼저 파악해야 해. 너희들이 딛고 서 있는 땅이 모래밭인지, 개펄인지, 단단한 시멘트 위인지……. 너희들이 딛고 서 있는 땅 위에서 무엇을 꿈꾸고 어떻게 뿌리내릴 것인가를 파악하는 게 가장 중요하니까. 꿈을 선택할지? 돈을 선택할지? 아직도 고민이 되는 거야? 너희들은 둘 다 선택하고 행동할 수 있어. 무엇보다 너희들은 아직 크나큰 좌절이나 실패를 맛보지 않았잖아. 둘 사이에서 안정적인 균형을 찾아낼 수 있을 거야. 겁만 내며 뒷걸음질 치거나, 풍랑에 쓸려가는 조각배 같은 현실 앞에 절망하고 쓰러지기엔 눈부시도록 무서울 게 없는 청춘이니까. 자 이제 너희들의 선택을 묶고 있는 현실 속 밧줄을 풀고 인생이란 바다에서 거침없는 항해를 시작하자! 꿈을 이루는 곳에 닻을 내릴 때까지!

3.

멀티플레이어는
기초 작업에서 이루어진다

　요즘 대부분의 사람은 멀티플레이어가 되어가는 것 같아. 한 가지만을 고집하고 그 정신을 이어가는 장인 정신의 소중함도 좋지만, 급변하는 시대 흐름 속에서 우리는 트렌드에 편승하며 진화를 거듭하고 있어. 멀티플레이어의 사전적 의미는 한 가지가 아닌 여러 가지의 분야에 대한 지식과 능력을 갖추고 있는 사람을 말해. 그럼 지금의 너희들은 사회가 원하는 멀티플레이어의 경력을 갖춰나가고 있을까?

　멀티플레이어가 되려면 다양한 경험을 쌓는 게 물론 중요하겠지. 그러나 먼저 기본이 되는 일을 통달하고 다음 단계를 익히는 게 더 중요하다고 생각해. 컴퓨터 프로그램을 다룰 때도 일반적 문서 작업에는 대부분 한글 프로그램을 쓰지만, 전문적인 문서를 작업할 때는 엑셀을 기본으로 요구하잖아. 그럼, 한글과 엑셀을 모두 다룰 수 있는 사람이 보다 안정적으로 작업을 해나갈 수 있겠지.

선생님은 대학교 다닐 때 다양한 알바를 했었는데, 첫 시작은 학원에서 초등학교 입학 전 어린이들에게 한글 및 기초 연산을 가르치는 일이었어. 정해진 수업 시간보다 일찍 와서 그날 가르칠 교재를 보고 수업 진도를 정하곤 했어. 수업 진도에 맞춰서 아이들에게 더 쉽게 설명하기 위해 낱말 카드, 수수깡 같은 부교재들도 챙겨놓곤 했지. 초등학교 입학 전 아이들을 가르치며 가르치는 것도 재능이라는 것을 알게 된 선생님은 중등부 국어 수업, 고등부 언어영역 수업, 대입 자소서 지도 등을 하며 점차 경력을 키워갔어. 대부분의 사람들은 국어 수업을 한다면 국어만 잘하면 된다고 생각하겠지. 고등부 언어영역 수업은 문법, 독해, 고전문학, 문학, 비문학으로 나뉘어 있거든. 비문학을 수업하기 위해서는 기본적으로 미술, 철학, 과학 등의 지문들을 설명해 줄 수 있는 지식과 실력이 바탕이 되어야 해. 선생님은 국어를 잘 가르치기 위해서 학년별 국어 문제집을 기본적으로 5개 이상을 봤어. 그 교재 속에서 개념 정리, 상·중·하 문제 등을 선별해서 선생님만의 교재를 만들었지. 그 교재를 만들며 수집한 다양한 자료들을 활용해서 대입 특강까지 하는 언어영역 강사가 될 수 있었어. 물론 첫 1·2학기 교재를 만들었던 1년간은 4~5시간 이상 자본 적이 없었던 것 같아. 선생님이 강의 시간에 입버릇처럼 말하던 "3시간 자면 서울대, 4시간 자면 성균관대."를 스스로 생활에서 실천하고 있었던 거지. 그러한 선생님이 멀티플레이어의 기초를 쉽게 다질 수 있었던 건 '호기심'이었다고 생각해. 누구보다 겁이 많은 선생님이지만 새로운 것을 배우는 것엔 망설임이 없었어. 일단 새로운 경험을 할 만한 일이나 환경을 제안받으면 '안 해보았던 거니까 자신 없는데, 다른 것을 해보는 것보다 지금의 일을 꾸준히 하는 게 낫지 않을까?'라는 생각의 틀을 갖고 있지 않았거든. 새로운 일을 배울 수 있다는 호기심과 이 일 또한 배워놓으면 나중에 도움이 되지 않을까 하는 생각들이 선생님을 움직이게 했던 것 같아. 그리고 그 일을 제안한 사람은 '내가 보지 못한 나의 또 다른 가능성을 본 건가?' 하는 긍정적인 사고방식이 새로운 일도 기분 좋게 받아들이고 검토하게 했거든. 일이나 사람을 대함에 있어서 선입견 없는 호기심을 가지는 것도 멀티플레이어가 될 수 있는 괜찮은 조건 아닐까?

'멀티플레이어' 단어로 설명되던 바쁜 현대사회는 새로운 신조어를 만들어냈어. 좀 더 세분화된 개념을 얘기하고 싶은 것 같아. 바로 '스페셜리스트'와 '제너럴리스트'라는 단어야. 스페셜리스트는 전문가, 전공자 등을 뜻하는 영어 단어로 특정 분야나 주제에 깊은 전문 지식을 가진 전문가를 뜻한다고 해.

선생님은 이 단어를 듣는데 '사람이 인공지능 로봇처럼 진화해야 살아남는 세상이 오는 건가' 하는 생각이 들더라고. 깊은 전문 지식을 갖춘 머리에 몸의 능력은 멀티플레이어인 로봇이 돼야 할 것 같아서. 너희들이 선생님보다 한 단계 더 진화하려면 제너럴리스트의 지식을 갖춰야 할지도 몰라. 제너럴리스트는 여러 분야에 걸쳐 광범위한 지식을 가지고 있는 사람이라는 사전적 의미가 있으니까. 제너럴리스트의 머리와 멀티플레이어의 몸을 가진 능력자가 바로 너희들이라면 사회생활 고수 반열에 오를 수 있을 거야. 그러나 사회는 너희들을 배려하며 기다려주지 않아. 너희들이 한 가지 일을 배우는 기초 단계부터 시작해서 발전, 응용시키는 심화 단계까지 다 경험하는 것을 기다려주는 일시 정지된 사회는 없으니까. 너희들의 시간을 스스로 쪼개어 노력하고, 알고 있는 지식과 경험을 끊임없이 반복 재생 응용해서 너희들 스스로 내실을 다지며 경력을 쌓아갈 수밖에 없어.

선생님이 배우고 싶지만 아직도 공포증으로 시도를 못 하는 것이 수영이거든. 수영을 처음 배울 때 보통 발차기만 한 달 정도 연습한다 하더라고. 모두가 초보일지라도 평상시 시간을 내서 체력을 좀 더 키우고, 남들보다 하루라도 일찍 이루어내겠다는 목표를 가지고 더 열심히 하는 사람이 다음 단계로 빨리 넘어가지 않을까? 첫 과정에서 반복되는 발차기는 지루한 것 같지만 수영의 가장 기본이자 중요한 동작이기에 열심히 노력하는 성실함과 끈기를 가지고 발차기를 잘 해내는 사람이 더 멋지게 수영할 거라 믿어. 기본도 안 된 초보는 아무리 멋지게 수영하려 해도 결국은 허우적대며 물속으로 잠수밖에 더 하겠어. 멋진 수영 실력으로 풀장이나 바다를 누비려면 일단 물 먹는 경험부터 시작해야지. 그래야 물 먹지 않기 위해 더 열심히 발을 차고, 몸을 움직여 앞으로 나아갈 수 있겠지. 이 사회는 결국 사회생활에서 산전수전 겪어본 사람들의 지혜와 능력으로 움직이고 있으니까.

너희들은 이제 사회에서 살아남기 위한 발차기부터 제대로 해낸다는 마음으로 시작해야 해. 너희들의 시작은 미약하였으나 그 끝은 창대하기를 진심으로 응원할게!

4.
이력서의 빈 칸이
너의 인생 커리큘럼이 돼

    최근에 요즘 취업 준비생인 MZ세대 대다수가 자격증이나 외국어 능력뿐만 아니라 외모 역시 스펙으로 본다고 말했다는 기사를 보게 되었어. 그렇기 때문에 외모 중 마음에 들지 않는 부분은 성형해서라도 예뻐지고 싶어 하는 게 요즘 세대라고 얘기하고 있더라고. 한동안 우리 사회에 심심찮게 들려왔던 '열정보다 스펙', '스펙보다 열정, 패기'처럼 발길에 차일 만큼 만들어내던 문장들 속에서 '성형도 스펙이다.'라는 말까지 듣게 되니 도대체 스펙이 뭐기에 다들 단어를 엮어가며 문장을 만들어내는지 궁금하더구나.

    취업을 준비하는 대부분의 사람이 준비해야 할 대표적인 문서 2가지가 있어. 바로 이력서와 자기소개서야. 선생님이 알바를 구하던 대학생 시기에는 이력서가 필수 사항은 아니었지만, 요즘은 취업뿐만 아니라 알바를 구할 때도 이력서와 자기소개서를 요청하는 경우가 많다고 해. 아무 경력도 없이 처음 알바를 시작할 때는 '열심히 배워서 잘 해보겠습니다.' 하는 마음가짐과 밝은 인사성이 필요할 거야. 그러나 일단 첫 번째 일을 끝내고 두 번째 새로운 일을 시작할 때는 기존 경력에 대해 기록된 이력서가 필요하지. 이력서는 보통 지금까지 거쳐온 학업, 직업, 경험 등의 내력을 적는 문서를 말하고, 자기소개서는 의미 있는 경험과 활동, 타인과 공동체를 위해 노력한 경험과 배운 점, 지원 동기, 앞으로의 계획 등을 작성한 문서야. 요즘엔 대입 자소서, 취업 자소서 양식처럼 이력서와 함께 취업 지원 필수 문서로 자리 잡고 있지. 일반적으로 사회에 첫발을 디딜 때는 아르바이트로 시작하지. 자기가 일할 수 있는 시간, 할 수 있는 일, 해보고 싶은 일 등 여러 가지 조건으로 고민하며 첫 아르바이트를 시작해.

선생님은 수능 이후 첫 알바로 커피숍 서빙을 시작했어. 수업 외 시간을 활용하며 돈을 벌 수 있는 가장 최적의 알바였지만, 사실 시급이 그리 좋지는 않았어. 그러나 첫 알바를 통해 사람들을 대하는 법, 사장님과 점장님처럼 어른들과 대화하는 법, 커피뿐만 아니라 다양한 메뉴 레시피도 점점 숙달되어갔지. 그러한 사회생활을 통해 마트 매장 정리, PC방 파트타임, 주유소 주유원 및 경리, 일반 사무직 경리 등 점점 경험을 넓혀나갔어. 그럼, 선생님의 이력서에는 다양한 일의 체험을 통한 경력들이 기록되고 있었겠지. 그런데 한 가지 주의할 점은 다양한 경험도 좋지만, 장기간의 경험이 상대방에게는 더 좋은 인상을 남겨준다고 생각해. 예를 들면 커피숍에서 한 달, PC방에서 한 달, 마트에서 한 달. 이런 식의 짧은 기간으로 많은 경력을 적는 게 오히려 마이너스라는 거지. 너희들이 함께 일할 사람을 찾는다고 한다면, 한 달만 같이 일할 사람을 찾겠어? 적어도 1년 이상 일할 사람을 찾겠어? 깊이 생각해 보지 않아도 답을 알 수 있는 질문이잖아. 새로운 사람을 원하기도 하지만, 일을 가르쳐주고 익숙해지게 하기까지 걸린 시간을 바탕으로 필요한 업무 능력을 갖춘 성실한 사람이 필요한 법이니까. 다양한 아르바이트 경력으로 자기 능력의 다양성을 보여주는 것도 좋지만, 너희들이 목표를 정하고 그 과정을 밟아나가는 경력이 담기면 더 좋을 것 같아.

스펙(Spec)의 사전적 의미는 직장을 구하기 위해 필요한 학력, 학점, 토익 점수 따위를 합하여 이르는 말이야. 현재는 학력, 학점뿐 아니라 연애, 인간관계 등에서도 자기 능력을 이르는 말로 통용되고 있는 것 같아. 선생님을 예로 들자면 선생님은 고등학교 문과를 거쳐 대학교 문예창작학과를 졸업한 게 학력이 되겠지. 선생님은 학교 다니면서 학비 및 생활비를 벌기 위해 학원에서 국어 강사를 시작하게 되었어. 그 당시 다른 알바보다 보수도 좋았고, 정해진 수업 시간에 집중해서 만들어내는 결과가 보람돼서 더 좋았던 것 같아. 그러나 직접 부딪친 사회생활은 그리 녹록하지 않았지. 매번 늘어나는 수업 시간, 수업 시간용 교재 준비 및 시험지 준비, 수강생 및 학부모 상담 일지 작성 등에 더 많은 시간을 할애해야만 했어. 학원 내 타 강사 및 원장님과의 관계 및 교제에도 시간을 내고 마음을 써야 했으니, 선생님이 생각했던 보수 좋은 보람찬 알바가 아니었던 거지. 그렇다고 금방 그만두지 않았어. 오히려 마음을 다잡으며 '이곳에서 최소 1년은 버텨보자.' 하며 적응해갔지. 당시에 선생님 생각으로는 일하고 1년도 안 돼서 그만둔 사람을 다른 곳에서 채용해줄까? 하는 생각이 컸거든.

대학교에 입학하면 교수님들께서 첫 시간에 대부분 한 학기 커리큘럼을 얘기해주셔. 커리큘럼은 교육 내용과 관련하여, 교과의 배열과 조직을 체계화한 전체적인 계획을 말해. 즉 한 학기 동안 어떻게 수업을 하고 어떤 내용을 강의할지에 관한 강의 계획서 같은 거라고 생각하면 돼. 그렇다면 너희들도 너희 경력에 관한 커리큘럼을 만든다고 생각하면 어때? 너희가 목표로 정한 것에 대해 어떠한 경력을 쌓고, 그 경력을 위해 어떤 노력을 할 건지에 관한 인생 계획서를 만드는 거지.

무엇하나 공짜로 얻어지는 것 없는 사회잖아. 지금부터라도 너희의 재능과 열정을 쏟아넣어서 남들보다 구성이 좋은 커리큘럼을 만들어 나가는거야. 너희들의 커리큘럼에 목표를 위한 꼭 필요한 경험과 근면 성실하고 재기 발랄한 매력들이 넘친다면 이미 너희들의 목표는 성공에 가깝겠지? 시작이 반이라잖아! 시작하는 순간에 이미 절반은 완성이니까 지금부터 너희들의 인생 계획서의 첫 페이지를 제대로 시작해 보자!

5.

작게라도 투자하는 습관을
들여야 한단다

요즘 각종 매스컴에서 가장 많이 듣는 단어는 '챌린지'인 것 같아. '댄스 챌린지, 독서 챌린지, 인증 챌린지' 등 다양한 챌린지들이 커다란 흐름을 차지하고 있는 것 같아. 특히 MZ세대들 사이에서는 '소비 관리 챌린지'가 유행하고 있대. 어떤 방식으로 소비를 관리하는지, 나아가 무소비 무지출 챌린지까지 연결된다고 해. 왜 이런 챌린지가 유행할까?

우선 '챌린지'라는 단어의 정확한 의미를 알아야겠지. 사전적으로는 도전이라는 뜻을 가지고 있고, 보통 체육학적으로 선수권 보유자에게 그 선수권을 걸고 도전하는 것을 말한다고 해. 최근 MZ세대 사이에서 붐을 이루고 있는 '소비 관리 챌린지'의 예를 들자면 '냉장고 파먹기' 등을 통해 불필요한 외식비를 줄이기, 하루 동안 지출 0을 위해 노력하는 '무지출 챌린지' 실천, 또는 각종 앱테크 등을 통해 '공짜 쇼핑'을 하거나 현금처럼 쓸 수 있는 포인트를 모으기 위해 서로 앱을 켜고 로그인 상태를 공유하는 모습 등은 일상에서 흔히 볼 수 있어.

고물가, 고금리 시대로 접어들면서 생활비를 줄이기 위해 실천하는 모습들이 각종 온라인 커뮤니티인 SNS나 유튜브 등을 통해서 다양하게 보이곤 해. '현금 다이어리'에 한 달 생활비를 넣고, 하루 또는 일주일에 얼마나 소비하고, 저축했는지를 인증 사진 또는 영상을 게시물로 올리고 많은 사람들의 공감을 얻는 데 주력하는 거지. 물론 무소비, 무지출을 하기 위해 노력하는 방법들을 서로 배우고, 응원해 주는 모습이 무척이나 좋아 보이기도 해. 그러나 무조건 아끼는 방법만이 좋을까? 일부 사람들이 얘기하는 것처럼 열심히 사는 사람과 부지런히 소비하는 사람들의 균형이 맞아야 이 사회의 경제도 굴러가는 것이 아닐까?

한때는 욜로족 등이 유행하기도 했는데 말이야. 욜로(YOLO)족은 'You Only Live Once'의 약자로 "인생은 한 번뿐이다."라는 의미가 있어. 이들은 인생 현재의 행복과 만족을 중요시하며, 미래를 위해 현재를 희생시키지 않아. 바로 지금, 이 순간을 최대한 즐기려고 하는 사람들을 일컫는 말이지. 현재의 즐거움을 중요시하기에 맛있는 음식을 먹거나, 여행을 떠나는 등 일상 속 작은 행복을 찾거나, 새로운 도전도 두려워하지 않았어. 물질적인 부요함보다는 자기 자신을 만족시키는 지금의 경험을 더 사랑하는 거지. 아마도 저성장 시대에 대한 불안감과 미래에 대한 불확실성이 반영된 모습이 아닌가 싶어. 한편, 정반대의 파이어(FIRE)족이 대두되기도 했어. 경제적 상황의 직시보다는 현재의 즐거움을 만끽하고자 하는 욜로족과는 반대로 경제적 자립(Financial Independence)과 조기 은퇴(Retire Early) 를 추구하는 삶의 방식이라고 할 수 있어. 이들은 일생 불필요한 소비문화 에서 벗어나 저축 등 절약한 돈을 투자하여 더 큰 수익을 통해 40대 전후에 조기 은퇴하는 것을 목표로 한다고 해. 단기적인 현재의 즐거움과 행복에 만족하기보다는 장기적인 목표를 설정하고 미래의 경제적 자유를 위해 노 력하는 거지.

그럼, 너희들은 지금 어디에 가까운 것 같아? 선생님은 감히 욜로족을 꿈꾸지는 못했던 것 같아. 태어날 때부터 금수저가 아닌 나만의 수저라도 갖기 위해 누구보다 치열하게 20대를 보내야 했거든. 아침, 저녁, 주말에 도 아르바이트하면서, 현재의 즐거움을 누리기보다 부족한 잠을 채워넣기 바빴던 것 같아. 늘 오늘보다 만 원이라도 더 버는 내일의 삶을 추구하면서 말이야. 그러나 그런 삶 속에서도 선생님이 지금까지도 실천하는 두 가지 가 있어.

첫 번째는 월급의 10%는 무조건 저금하는 거야. 금액이 많고 적은 게 중 요한 게 아니야. 저축에 습관을 들이는 거지. 선생님이 황당해하는 말 중 에 이런 말이 있어. "이런저런 이유로 쓰기도 부족한데 저금할 돈이 어디 있어." 이게 무슨 말이지? 소비란 꼭 필요한 돈을 제외한 금액으로 하는 거 지. 돈의 여유가 없을수록 저축은 꼭 필요하고, 재테크를 시작하려면 적은 돈이라도 초기 자금(종잣돈)이 필요한 법이니까. 쓰고 나서 남는 돈은 절대 없어. 저축하고 필요한 돈을 제외한 나머지로 소비해야 해. 소비에 대한 자세가 달라질 테니까.

두 번째는 지금 당장 소액이라도 투자를 해보는 거야. 선생님이 대학교 휴학을 하고 2년간 사무실 경리 알바를 했던 당시의 월급은 70만 원이었어. 그마저도 집에 60만 원을 생활비로 주고 한 달 동안 10만 원으로 살아야 했어. 물론 집에서 의식주를 해결할 수 있는 상황이니 크게 돈 쓸 일은 없었지만, 20대 여대생이 10만 원으로 뭘 할 수 있었을까? 선생님이 좋아하는 책 1권을 사고 만족했을까? 그 당시에도 주식 투자에 관한 책들이 많이 나올 때여서 선생님은 주식 투자에 관한 책 2~3권을 구입해 읽고, 교과서 삼아 조금씩 메모해 가며 한 달 10만 원 정도의 주식을 계속 모았어. 주말 시간 알바도 하고 있었거든. 물론 처음엔 잘 모르니 누구나 아는 큰 회사나 우량주 위주로 사기도 했고, 나름 단타의 매력을 느낄 시간을 갖기도 했어. 그런데 핵심은 꾸준히 모았다는 거야. 1주를 사든, 2주를 사든 꾸준하게 모았어. 물론 그마저도 없을 때는 모으는 걸 쉬기도 했었어. 그러나 다른 이들에게는 한 달 월급도 안 되는 금액을 1년 내내 모아놓고 선생님 혼자 뿌듯해하기도 했지. 그런데 요즘 말로 '존버'라고 있지? 선생님은 말 그대로 '최대한 버티기'였거든. 매달 1주씩 모으는 주식으로 10년짜리 적금을 든다고 생각하고 차곡차곡 모았어. 그리고 가장 필요한 순간에 그 주식은 선생님에게 결혼 후 처음 장만한 우리 집의 계약금이 되어주었어. 그게 바로 소문으로 전해지던 800%, 1,000% 삼성전자의 과거 수익률이야.

선생님의 삶에서 힘들지 않은 건 하나도 없었어. 그렇다고 하지 못할 것도 하나도 없었어. 무엇보다 다 포기하고 쓰러지고 싶은 생각조차 가질 수 없는 환경이었으니까. 4남매의 맏이, 인사 잘하는 장녀, 책밖에 모르던 학생으로서는 버텨내기 힘든 시간이었지만 말이야.

사람들은 저마다 자기만의 이야기가 있어. 대부분 자신의 삶이 제일 심한 뻘밭이라서 걷기 힘들었다고 얘기하지. 그러나 진흙이 가득한 연못에서도, 진흙을 영양분 삼아 화려하고 풍성한 꽃을 피워내는 연꽃을 볼 수 있잖아. 태어날 때부터 주어진 것 없는 척박한 환경 속에서 가진 것 없이 맨땅에 헤딩해야 하는 자신을 보며 연민에 가득 사로잡히지 말고, 지금 당장 할 수 있는 일! 해야만 하는 일을 찾아보자! 모든 것을 잊을 수 있을 것 같은 잠깐의 즐거움보다는 단단하게 뿌리를 내리고 풍성한 연꽃으로 피어나기 위해 미래를 위한 저축과 투자를 지금부터 아주 적은 금액이라도 일단 시작해 봐! 결국 오늘도 사실은 어제의 내일이었잖아. 미래의 어느 날에도 여전히 후회하며 울고만 있는 패배자가 되기 싫다면 말이야.

6.
'치팅Day' 말고
'나 만족Day'를 갖자

요즘 SNS에서 젊은 세대를 중심으로 '바디프로필' 촬영이 유행하고 있다고 해. '나무위키'에서는 바디프로필을 탄탄한 몸매를 중심으로 촬영하는 프로필 사진으로 정의하고 있으며 우선 목표를 잡고 몸을 만드는 것 자체가 매우 스트레스이고, 특히 탄수화물을 줄이면서 온갖 것에 예민해지는 경우도 있다고 설명하고 있어. 삼성서울병원 정신건강의학과 안지현 교수는 "일반인이 전문 사진관에서 사진을 찍어 SNS로 공유하는 현상에 '건강', '자기 관리', '일상 공유' 등 유행이 더해져 바디프로필 열풍이 분 것으로 보인다."고 설명하고 있단다.

바디프로필은 원래 보디빌더나 중량 트레이닝 전문가가 피트니스 대회 수준의 컨디션을 만든 자기 몸을 기념 내지는 확인하는 용도로 시작된 것이라고 해. 그러다 보니 평소 운동과 거리가 있던 일반인이 목표를 정하고 무리하게 단기간에 몸을 만들다 각종 부상이나 심지어는 스트레스에 시달리는 경우도 나타나고 있다고 해. 물론 운동에 대한 성취감과 자기만족을 얻을 수 있는 도전이라는 순기능도 있지만. 극심한 다이어트와 운동만 반복된다면 도전자가 점점 줄어들지 않겠어? 그래서 다이어트하는 사람들 사이에서 '치팅데이'라는 기쁨의 날이 존재해. 사전에서 보면 '속인다.'는 뜻의 'cheating'과 'day'가 합쳐져 만들어진 용어로, 다이어트 기간에 먹고 싶은 것을 참고 있다가 1~2주에 1회 혹은 정해진 기간마다 1회 정도 먹고 싶은 음식들을 먹는 날을 말해. 영어로는 '치트 데이(cheat day)', '치트 밀(cheat meal)'이라 한대. 주로 다이어트를 위한 식단 조절 중 부족했던 탄수화물을 보충하기 위해 활용되지. 다이어트와 운동을 병행하는 사람들에게 '치팅데이'는 극심한 나트륨 절제 후 먹는 도넛처럼 달콤하고 행복함 그 자체일 것 같아. 역시 절제보다는 풍요가 사람을 기분 좋게 만들어주는 것 같아. 다이어트로 수고한 나에게 주는 선물이 치팅데이라면, '열심히 살아가는 나에게는 무엇을 줄까?' 고민해 본 적이 있니?

선생님은 치열하게 살았던 20대 시절부터 스스로에게 선물을 주는 시간을 가졌던 것 같아. 물론 열심히 살고, 또 살아가야 하지만. 날아가는 새도 잠시 멈춰서 날개를 가다듬는 것처럼, 선생님의 바쁜 삶 속에서도 쉼표의 시간이 필요했어. 대학교 시절에는 알바와 학업을 병행하는 시간 속에서 알바비가 나오는 날이 되면 근처 시장이나 마트에 가서 간단하게 장을 봤었어. 메뉴는 볶음밥과 카레, 오징어채 볶음이나 오이 무침 등이었어. 친구와 함께 월세를 부담해서 쓰는 자취방에서 대단한 잔치 음식을 할 것도 아니지만, 정해진 날만큼은 미리 친구들 몇몇을 초대해서 집밥을 만들어 먹곤 했지. 알바해서 생활비와 학비를 충당해야 하는 선생님에게 부족했던 건 외식비뿐만 아니라 친구들과 교제할 시간이었거든. 무엇보다 사람들과 모이는 것을 좋아하고, 나누는 걸 좋아했던 선생님이 생각한 방법이었어. 강의 시간 외에는 알바로 바쁘기 때문에 친구들을 만나서 교류할 시간이 적었거든. 그래서 미리 친구들을 초대해서 그날만큼은 같이 음식을 나눠 먹으며 그동안의 밀린 이야기들을 나누는 거지. 참 다행히도 친구들은 모두 그 시간을 좋아해주었고, 때론 먹고 싶은 반찬들을 미리 얘기하기도 했어. 다시 추억해 봐도 참으로 소중하고 귀한 시간이었어.

친구들과 교제의 시간조차 갖지 못할 때는 근처 서점에 가서 마음껏 책을 보다가 맘에 드는 책 한 권을 사서 돌아오는 길이 가장 즐거웠지. 너희들은 '설마, 거짓말일 거야.'라고 생각할 수도 있겠지만 대학생 시절 선생님의 주머니에는 1,000원만 있던 적도 있었어. 일주일 내내 그 돈을 주머니에서 만지작거리며 열심히 학교와 알바 장소를 다녔었어. 꼭 필요한 버스비와 먹을거리를 제외하고는 길거리 간식조차 사 먹을 수 없는 그 돈을 만지면서도 '좀 더 버티면 알바비가 나오니까.' 하는 마음으로 학교에 다녔지. 물론 내 친구들은 그런 모습의 나라고는 상상도 못 했겠지만. 선생님은 큰 마음을 먹고 매달 책 한 권은 꼭 샀어. 그 책 한 권이 한 달간의 고단함과 사회생활의 날카로움에 베인 마음의 상처에 발라주는 연고 같은 존재였어.

요즘은 컴퓨터나 휴대전화를 통해 어디서든 책을 볼 수 있는 시대잖아. 그러나 지금도 마음에 드는 책이 생기면 꼭 사서 소장해야 직성이 풀리는 건 아마도 그때의 기억 때문인 것 같아.

  보통 젊은 시절에 돈을 벌어야 한다면, 꿈을 위한 돈이 아닌 너희들의 삶을 영위하기 위한 돈을 벌어야 하는 경우가 많지. 돈을 벌기 위해 일을 하고, 일하다 보니 힘들어서 삶이 더 팍팍하게만 느껴지는 순간이 올 거야. '나는 누구고, 여긴 어디고, 나는 무엇을 하는 건가?' 하는 현타가 세게 오는 순간이 생기는 거지. 그러니 너희들은 자신을 잊어버리지 마! 팍팍한 현실을 바꾸기 위해 열심히 돈을 버는 것도 중요한 만큼 열심히 노력하는 자신을 위한 보상의 시간도 꼭 가지길 바랄게. 열심히 일하는 자신을 위한 하루를 선물하는 거지. 너희들이 만족할 만한 물건을 사거나 스스로를 위한 시간을 갖고 자신을 칭찬해 주자. '나는 잘 버텨왔고, 잘 살아갈 수 있다. 더 좋은 미래가 반드시 온다. 나는 꼭 원하는 목표를 이루게 된다.' 나를 만족시켜주는 이날을 선생님은 '나 만족DAY'라고 말하고 싶어! 선생님은 그 하루의 작은 행복감들을 모아 여기까지 버티며 살아올 수 있었거든. 여전히 우리의 삶은 계속되고 있고, 인생의 더 큰 선물도 가질 수 있는 기회가 생길 거야. 그러니 선생님은 너희들과 함께 더 큰 만족DAY를 가질 수 있을 그날을 기대하고 있을게! 진심으로.

7.
고생을 사서 하는 바보가
어디 있냐고?

옛말에 '젊어서 고생은 사서도 한다.'는 속담이 있어. 사전적 의미로는 젊은 시절의 고생은 장래 발전을 위하여 좋은 경험이 되므로 달게 여기라는 말이라고 해. 비슷한 속담으로는 '젊어서 고생은 금 주고도 못 산다.'라는 말도 있지.

옛 어른들은 사서도 해야 한다는 고생을 요즘 젊은 세대들은 어려운 현실을 겪고 있는 자신을 비웃거나 상대방을 조롱하는 의미로 '젊어서 고생하면 늙어서 관절염', '사서 괜히 고생'이라고 바꿔서 얘기하기도 하더라고. 지금의 힘든 현실을 보면 마냥 호되게 꾸짖을 일만은 아닌 것 같아. 어른들은 후에 나이 들어서 하는 고생보다는 젊을 때 고생했던 경험이 바탕이 된다면 일을 해결하기 더 수월하고 버티고 살아갈 힘도 강해진다는 것을 알기 때문에 그런 말을 한 거겠지. 그러나 이제 막 사회생활을 시작하고 경험하는 과정에서 오는 시련들을, 단지 젊다는 이유만으로 버텨낼 수 있다고 말한다면 과연 20대의 선생님도 공감할 수 있었을까?

김두식의 저서 『불편해도 괜찮아』에서는 '지랄 총량의 법칙'이라는 말이 나와. "모든 인간에게는 일생 쓰고 죽어야 하는 지랄의 총량이 정해져 있다는 법칙이 있다. 어떤 사람은 정해진 양을 사춘기에 다 써버리고, 어떤 사람은 나중에 늦바람이 나서 그 양을 소비하기도 하는데, 어쨌거나 죽기 전까진 그 양을 다 쓰게 되어 있다."

'지랄'이라 함은 사전적 의미로 마구 법석을 떨며 분별없이 하는 행동을 속되게 이르는 말인데, 사람이 살면서 평생 해야 할 '지랄'의 총량이 정해져 있다는 말이야. 성장통을 빗댄 표현으로, 지랄이라는 것이 대개 사춘기 때 폭발적으로 발현되는 법이어서 성장기 아이들이 사춘기에 지랄 좀 떨더라도 분노하거나 낙심하거나 너무 슬퍼할 필요가 없다는 얘기를 하신 거야. 비슷하게 응용된 '고생 총량의 법칙', '행복 총량의 법칙' 등의 말들도 있어. 사람들은 타고난 고생 또는 행복의 총량이 있다는 거지. 간단히 말하자면 지금 내가 젊을 때 고생하고 있다면 말년으로 갈수록 나는 고생을 줄여갈 것이기에 행복이 늘어난다는 거지. 지금껏 살아오면서 힘들 때마다 선생님은 이 말을 곱씹었던 것 같아. '이 고생은 곧 끝날 거고 나는 더욱더 행복해질 것이다.', '나쁜 일이 지나가면 큰 기쁜 일이 생길 것이다.'라는 말로 힘들고 고단한 하루를 견뎌내며 스스로를 위로했던 것 같아. 그러나 사실, 선생님이 이를 악물고 버텨냈던 수많은 세월을 이러한 자기최면 같은 말들로 위로받을 수는 없었어. 또래의 친구들은 저녁 먹고 숙제하고 TV를 시청할 시간에 집으로 찾아오는 빚쟁이들 앞에서 억지로 귀를 막고 견뎌야 했던

10대 시절을 보냈었어. 서로의 마음을 할퀴며 생활을 견뎌내는 부모님과 커다란 사실들은 알지 못한 채 힘들어하는 할머니와 동생들 사이에서 10대의 사춘기나 반항은 생각지도 못하고 보내야 했지. 선생님이 그토록 어른이 되길 갈망했던 20대의 시작은 취업이 아닌 대학을 선택한 선생님의 몫으로 남겨진 무서운 현실에 대한 값을 치러야 했어. 책을 사랑하고 꿈을 포기할 수 없어서 욕심낸 문예창작학과를 졸업하기 위해서 선생님은 끊임없는 열정과 청춘을 장작 삼아 스스로를 태웠던 것 같아.

맹자의 『고자장(告子章)』에 보면, 하늘이 어떤 사람에게 큰일을 맡기려 할 때는 5가지 역경과 시련을 주는데, 그 사람의 정신을 고통스럽게 하고(苦其之心), 육체를 고달프게 하고(勞其筋骨), 굶주림의 고통을 주고(餓其體膚), 처지를 불우하게 하고(空乏其身), 하는 일마다 실패를 거듭하게 한다(亂其所爲)고 말하고 있다. 이 말을 다시 풀어보면, 하늘이 어떤 사람을 성공자로 만들기 위해서 먼저 정신적 고충, 육체적 고통, 불우하고 궁핍한 처지 등과 같은 역경을 주어서 성공자로서 불멸의 정신력과 고상한 기질을 키우도록 한다는 것이다. 그리고 시행착오나 실패의 시련을 거듭 주어서 능력을 쌓도록 하는 것이라 하겠다. 이처럼 누구나 성공자가 되려면 하늘이 내려준 성공의 시험 관문인 역경과 시련을 극복하여야 한다는 점이다. 즉 성공의 시험 관문 중 하나인 역경(逆境)은 장애나 불우한 환경같이 살아가는 데 있어서나 성공을 이루는 데 있어서 '디딤돌'이라는 점을 강조하고 있다.

<차이나 매거진>

　누군가는 역경을 딛고 일어서야 한다고 하고, 젊어서 고생을 해봤으니 좀 더 넓은 눈으로 세상을 보며 크게 성장할 수 있다고 하겠지. 그러나 사서 고생을 하고 싶은 사람이 어디 있겠어? 역경을 딛고 성장하는 것보다는 행복하고 즐겁게 성장하고 싶은 게 모두의 마음 아닐까? 태풍에 모든 것이 날아갈 것 같은 세월 속에서도 스스로 일군 텃밭 같은 삶이라도 지켜내고 싶은 심정으로 살아왔던 걸 알아달라고 소원한 적은 없어. 다만 그 누군가가 함께 지켜내 주길 마음으로 간절히 바라긴 한 것 같아. 지금 주어진 환경을 뒤엎을 수도 없고, 그렇다고 생을 포기하기에 너무 억울하다면 그저 묵묵히 나아가길 권하는 바야.

　요즘 말로 '존버'를 하는 거지. 버티는 것이 결국 이기는 것이고, 버티는 과정에서 성장하고 또 성장해서 결국 자신의 목표에 다다르길 바랄게. 어려운 환경 속에서 입안에 실패의 쓴맛만 가득한 마라톤이 도무지 끝날 것 같지 않지? 분명 결승 테이프는 너희들의 앞에 있을 텐데 말이야. 끝까지 달리다가 딱 한 번 결승 테이프 전에 돌아서서 다시 뛸 수 있는 마라톤 경기가 있다면 어느 지점에서 다시 시작하고 싶을 것 같아? 지금은 너희들이 다시 한 번, 달리는 자세를 고치고 목표점인 결승선의 끝을 확실히 마음에 새겨야 할 때인 것 같아. 너희들의 삶은 이제 막 새로운 성공 완주자로 기록될 출발을 했으니까!

8.

좌절 금지!
오롯이 나로 나아가렴

운전하다가 문득 하늘이 예뻐 보이는 날이 있었어. 어제와 같은 하늘인데 왜 오늘따라 예쁘게만 보이는 거지? 의문이 들었는데, 어느덧 가을이 느껴지는 하루였어. 선생님이 청춘일 때는 보이지 않던 하늘이 요즘 따라 왜 이렇게 높고 푸르고 예쁘게만 보일까? 하늘은 늘 같은 색으로 우리들의 머리 위에서 같은 자리에 있었는데 말이야. 자연은 한결같은데, 사람의 마음으로 느끼는 자연은 어쩜 그렇게 다른지 신기하지 않아?

모든 어머니가 그러하듯이 선생님의 어머니도 자식들에게 좀 더 많은 것을 가르치고, 좀 더 많은 것을 경험하게 해주고 싶어 하셨어. 집안 형편이 넉넉할 때는 공부와 관련된 여러 학원을 찾으려고 애쓰셨고, 피아노 학원 하나 없는 시골 마을에 이사 온 젊은 새댁이 집에서 아이들에게 피아노를 가르치려 한다는 얘기를 듣자마자 첫 학생으로 선생님을 보내셨지. 선생님 집의 형편이 계속 넉넉했다면, 선생님은 아마도 지금의 대치동 못지않은 교육을 받고 자라면서 힘들었을지 몰라. 그렇게 생각하면 집이 힘들어진 것도 괜찮다는 생각이 들어.

선생님의 어머니는 봄이면 꽃, 여름엔 계곡, 가을엔 단풍 등을 보여주려고 애를 많이 쓰셨어. 집 근처 가까운 곳이라도 자식들을 데리고 다니며 자연을 보여주려 하셨거든. 아마도 지금 생각해 보면 그 시간이 선생님 어머니의 모정이 아니었나 싶어. 늘 답답한 자기 삶도, 제대로 도와주지 못하는 자식들의 삶도 위로하는 모정. 그런 시간을 가지셨던 것 같아.

그러한 어머니가 늘 하시던 말씀이 있었어. "봐라~ 저리 예쁘다. 하늘도, 꽃도, 나무도, 산도 저리 눈부시다. 애들아~ 잠만 자지 말고 창밖을 봐봐라!" 그럼, 형제들은 하나같이 시큰둥하게 "네~" 하고는 무심히 창밖을 바라보고는 했지. 그리곤 "엄마, 봤어요." 하곤 했어. 영락없는 중2병 걸린 10대들처럼 말이야. 그런데 있잖아. 선생님이 사회생활을 하고 결혼하고 아이를 낳고 기르면서 시간이 흘러 어느덧 40대가 가까워질 무렵부터는 산이 보이고 꽃이 보이고 하늘이 보이더라고. 이 산이 다르고 저 산이 다른 것이 보이고, 봄에 피는 꽃과 가을에 피는 꽃들이 다른 것이 보이더라. 무엇보다 내리쬐는 무더위만큼 구름 가득한 여름의 하늘보다, 저 멀리 구름이 잡히지도 않을 만큼 높고, 그러한 구름조차 몇 없는 청량하고 푸른 가을 하늘을 보고 마음으로 느껴지더라. '아! 어머니는 우리에게 이것을 보여주고자 하셨구나!' 하고. 어머니는 아셨던 거지. 자식들이 학교에 다니고, 직장 생활을 하면서는 제대로 자연을 느낄 시간도 없을 거라는 것을. 문득 눈들어 둘러보면 이리도 눈을 맑게 하고, 마음을 위로해 주는 것들이 늘 바로 곁에 있다는 것을. 그래서 때론 그리 마음 아프게 웅크리며 살지 않아도 된다는 것을. 그렇게 어머니 자신도 위로받으며 살고 계신다는 것을 알 때가 올 거라는 것을, 아마도 짐작하셨을 것 같아. 그리 함께 살아보자고 말하고 싶으셨던 것 같아. 선생님이 이제 조금은 어머니의 그 마음을 짐작할 나이가 되어보니 말이야.

선생님은 살면서 한 번도 쉬운 적이 없었던 것 같아. 무너질 것 같은 게 아니라, 주저앉아서 다시는 일어서고 싶지 않은 날이 더 많았던 것 같아. 삶이 술래잡기라면 선생님은 숨어서, 아주 꼭꼭 숨어서 아무도 선생님을 찾지 않길 바랐던 날의 연속이었던 것 같아. 그렇지만 선생님은 태어났고, 성장해야 했으며 또한 삶을 지켜내야 했지. 그 무엇보다 온전한 선생님 자신으로 버텨내야 하는 삶을.

사람이 힘들고 지쳤을 때 가장 먼저 어떤 생각이 들 것 같아? 선생님은 '혼자 있고 싶다.'였어. 아무도 선생님을 찾지 않고, 선생님에게 그 무엇도 요구하지 못하는 상태. 격렬하게 혼자 있고 싶을 때가 많았지. 주어진 삶의 환경도 너무 힘들고, 날마다 지쳐 쓰러질 정도로 노력해도 도무지 나아지는 것 같지 않던 그 시간이 선생님을 너무 슬프고 힘들게 했거든. '이 상황이 나아지기는 할까?', '진짜 내가 잘 버텨서 하고 싶은 걸 하고 사는 날이 올까?' 하루하루가 의문투성이고 하루하루를 답을 찾을 수 없어 빈 시험지를 제출해야 하는 기분으로 살았었어. 그런데 중요한 것은 '매일'을 살아냈다는 거야. 죽고 싶은 '하루'를 해야만 하는 일들로 가득 채워서 살고, 지쳐 잠이 들고, 깨어나 또 시작했더니 '매일'이 되더라고. 그 간단한 진리가 결국 삶의 진실이 되더라고.

살아가다 보면 때론 소나기가 온다. 그러나 무지개도 반드시 약속되어 있지. 때론 소나기보다 긴 시간을 젖은 채로 몸과 마음을 눅눅하게 할 장마도 온다. 그러나 장마가 걷히면 푸른 하늘도 반드시 보인다. 자연은 그렇게 순리대로 반복된다. 추워서 얼어 죽을 것 같은 겨울 속에도 지난 사랑이 그리워지는 함박눈의 낭만이 있고, 또다시 산천이 푸르게 피어날 봄이 오는 것처럼. 너희들의 삶에도, 그러한 자연 순리의 법칙처럼 삶 순환의 법칙들이 만들어지고 반복될 거야. 그러니 눈앞의 현실이 피할 수 없는 쓰나미가 되어 다가오는 것처럼 보인다 해도 슬퍼하지도, 좌절하지도 말자. 너희들과 함께 선생님 또한 현실의 좌절을 딛고 서서 오롯이 앞으로 나아가려 하니까. 여전히 너희들이 누려야 할 삶의 풍경은 하늘, 나무, 색색의 꽃과 같이 높고 푸르고 어여쁠 테니까.

태도가 너의 삶을
결정한단다

진쌤: 진용기

1.
씨앗은
뿌린 대로 거둔단다

우리 옛말에 '콩 심은 데 콩 나고, 팥 심은 데 팥 난다.'라는 말이 있어. 이 말은 '모든 일은 그 원인에 따라 결과가 생긴다.'라는 뜻이야. 공부를 열심히 하면 지식을 갖게 되고, 운동을 열심히 하면 건강해진다고 이해하면 될 거야. 물론 옛말처럼 콩은 콩이 되고, 팥은 팥이 된다고 쉽게 얘기하면 좋겠지만 하루하루가 변하는 요즘 시대에 꼭 그렇지만은 않은 것 같아. 원하는 것에 시간과 노력을 투자한다고 그에 알맞은 보상을 항상 받는 것은 아니니까. 그렇다고 불확실한 결과를 걱정해 아무것도 하지 않는다면 정말 아무 일도 일어나지 않겠지. 그러니 "안 심으면 안 난다."라는 말을 명심하고 원하는 것을 실행으로 옮긴다면 너희가 원하는 삶을 만날 수 있을 거야.

인생을 재미있게 살라고 하면 너무 대충 말하는 것 같고, 그렇다고 인생을 진중하게 살라고 하기엔 또 너무 짧은 것 같아. 그렇다 보니 너희의 소중한 인생을 이렇게든 저렇게든 살아보라고 말한다는 게 사실은 매우 조심스러워. 요즘은 변화가 너무 빠른 시대니까. 할아버지 세대는 가족들과 함께할 시간을 줄이거나 본인의 개인적인 취미 생활을 줄여가며 열심히 일하면 살 수 있었어. 그리고 아빠 세대는 열심히 공부해서 대학을 나와 취직하면 어느 정도 살 수 있었고 말이지. 지금은 그 세대들과 비교하기엔 너무 많이 달라. 앞으로 다가올 너희 세대의 미래를 대신 살아본 것도 아니라 확실하게 조언하기도 힘들어. 만약 경험했다면 확실한 인생의 팁을 줄 수 있겠지만 말이야.

살아보지 않아서 모른다고 그냥 손 놓고 응원만 하기엔 부모나 어른으로서 역할을 잘못하는 것 같다는 생각이 들어. 너희가 너무 사랑스러운 존재라 어떻게든 실수를 최소화하고 다양한 경험을 쌓아 스스로가 만족스러운 삶을 살아가길 바라기 때문이겠지. 앞으로 다가올 미래는 너희에게뿐만 아니라 물론 우리에게도 도전해서 넘어서야 할 과제란 것을 잘 알아. 그래서 경험과 노하우가 조금 더 있는 선배로서 미래를 예상해 우리 부모 세대와 너희가 잘 적응해서 살길 바라는 마음이 있는 것도 사실이야. 결국, 어느 정도의 차이는 있겠지만 현재를 사는 우리는 모두 크고 작은 도전을 해야만 해. 단지 그 도전 과제를 직면해서 맞설 것인지, 돌아갈 것인지, 포기할 것인지가 각자의 결정에 달린 것이지.

그렇다면 우리가 말하는 도전이란 말의 정확한 뜻은 뭘까? 인터넷에서 '도전'이란 키워드를 검색하면 국어사전에 '어려운 사업이나 기록 경신 따위에 맞섬을 비유적으로 이르는 말'이라고 나와. 그냥 한 번 읽어봐도 어려운 뭔가를 뛰어넘어야 한다는 게 머릿속에 남는 것처럼 그 의미가 쉽지 않아. 하지만 상대를 이기고 금메달을 따고 싶은 운동선수나, 지난달이나 지난해보다 매출을 늘려 판매왕이 되고자 하는 영업 사원, 더 많은 돈을 벌고 싶은 자영업이나 사업하는 사람들조차 이 어려운 도전이란 단어를 매일 다짐하며 살고 있어.

이렇게 도전은 사실 우리 삶에서 이미 나만의 각오나 다짐처럼 쉽게 사용되고 있는 거야. 그러니 도전이 뭔가 큰 고민과 준비가 되어야 할 수 있는 그런 대단한 게 아니란 걸 말하고 싶어. 우리가 매일 사는 삶에 내가 갖지 않은 무엇인가를 새롭게 할 때 우리가 하는 모든 것은 이미 도전이니까. 물론 주어진 생활에 안주하고 살면 된다고 생각할 수 있어. 뭐 그리 거창하게 도전하면서 살지 말고 쉽고 편하게 평범하게 살면 된다고 말이지.

사실 그냥 하루하루 주어진 삶을 반복적으로 사는 게 편하겠지. 무엇인가를 이루고 얻기 위해 귀찮게 노력하고 도전할 필요는 없으니까. 누구도 일부러 힘들게 하루하루를 살아가고 싶어 하지 않을 테니까. 하지만 현실은 우리 어른들이나 너희 모두 피곤하고 힘들게 오늘을 살고 있어. 그건 좀 더 만족스러운 미래를 예상하며 오늘을 버텨내고 있다는 것이 맞을 거야. 물론 지금의 이런 말들이 밝고 행복한 미래를 위해 최선을 다해 노력하는 것이지 결과가 보장된 거라고 말하는 것은 아니지만.

잘 생각해 보면 엄마와 함께 10달을 보낸 후 세상에 나오는 것도, 태어나

자기 힘으로 걷기 시작한 것도, 초등학교 1학년이 되어 혼자 학교에 다니는 것도 쉬운 일이 아니야. 사실 자신이 마주한 현실과 두려움에 맞선, 본능적이고 자연스러운 도전이었으니까 말이야. 물론 오로지 혼자 힘으로 마주하고 극복한 것은 아니지만 그 과정에 스스로가 얼마나 큰 노력을 기울였는지를 짐작할 수 있어. 만약 엄마 배 속이 편해서, 스스로 걷는 게 힘들어서, 집이 아닌 곳에서 모르는 사람들과 있는 것이 무서워 시도조차 하지 않았다면 지금 너희의 모습은 없었을 거야. 결국, 그 당시 마주한 모든 어려움에 맞서고 뛰어넘은 것이니 도전 정신을 길러야 한다는 말은 맞지 않는 것 같고. 이미 너희에겐 도전 정신이 있으니까.

사실 어른이 되어가면서 무엇인가를 시작하는 것에 대한 두려움과 걱정이 많아지곤 해. 그 모든 게 나를 비롯한 내 가족의 생계와 연관되어 있기 때문이겠지. 하지만 사실 두려움과 걱정보다 귀찮음이 더 큰 것이 아닌가 하는 생각이 들어. 무엇인가를 해야 하지만 가야 할 장소는 멀고, 필요한 응시료는 비싸고, 공부는 하기 싫고 말이야. 뭔가를 하기 전에 감당해야 할 조건들이 많아 못 한다는 것. 그런 귀찮음이 사실 시작도 하기 전에 포기를 불러오는 것들이었어.

물론 멀리 찾아갈 차비도 없고 비싼 응시료는 더더욱 없다 보니 어쩔 수 없이 포기한다고 나름대로 생각할 수 있어. 그런데 잘 생각해보면, 과정을 무시하고 쉽게 결과만을 바라는 마음에서 오는 '요행의 소리'가 바로 귀찮음이야. 그냥 우리가 관심 있고 흥미 있어 쉽게 성취할 수 있지만 마치 일부러 안 하는 것처럼 스스로 생각하고 합리화하는 것이지. 노력은 하지 않고 좋은 결과를 바라는 거니까. 너희가 원하는 결과를 바란다면 그 힘든 시작도 귀찮은 과정도 있어야만 한다는 것을 명심했으면 해.

한국의 자존심인 메이저리거 류현진 선수가 공을 던지고 삼진을 잡을 때 보통 사람들은 환호하고 응원해. 하지만 일부는 그의 성공을 아무것도 아닌 듯 과소평가하기도 해. 류현진 선수가 대단한 메이저리거가 되기까지 한국 KBO에서 어떤 노력과 성취, 어떤 도전과 좌절을 했는지 알았으면 좋겠어. 그리고 미국에서 부상과 수술, 그리고 재활로 인한 육체적 한계와 정신적 스트레스까지 어떻게 극복하고 그 자리에 올랐는지도 말이야.

이미 너희 유전자에 도전 정신이 포함되어 있으니 가장 필요한 것은 할지 말지 고민하는 게 아니고 '그래, 해보자.'라고 생각하는 결단력이 필요한 것 같아. 너희가 여러 가지 귀찮음을 버리고 고민하고 결정하고 실행하는 데 필요한 능력을 '용기'라고 생각해. 남들이 아니라고 해도 너희가 옳다고 생각한다면, 결국 너희 스스로가 도전하고 극복하고 개척해나가면 그뿐이니까. 하지만 용기가 없어서 시도해 보지 못한, 그리고 경험이 없어 상담도 조언도 해주지 못할 사람들의 말을 조심해야 해. 생각만 많고 실행에 옮기지 못한 사람들, 무엇이든 쉽게 포기한 사람들은 너희가 가진 용기를 귀찮음으로 바꿔 쉽게 포기하게 만들려고 하니까.

길다고 생각되지만 사실 짧은 인생이라고 말해주고 싶은데 넌 그 속에서 어떤 삶을 살아보고 싶어? 어른들의 바람이 아닌 온전히 너희가 꿈꾸고 만족하는 그런 삶을 살길 바라. 스스로 계획하고, 실행하고, 좌절하고, 극복하고, 성공하는 그런 과정에서 하루하루 성장하는 너희의 모습을 보면서 말이지. 비록 원하는 첫 꿈을 이루지 못해도 또 다른 꿈을 꾸고 이뤄내는 그런 삶을 살게 될 거라고 말해주고 싶어. 『룬샷』의 저자 사피 바칼은 세기의 발명품 중 우연히 발명된 것도 있다는 사실을 강조해. 그러니 두려워 말고, 콩이든, 팥이든 심어보자. 그래야 콩이 나든 팥이 나든 결과가 있을 거니까. 만약 생각보다 팥 농사가 잘 안돼서 못 팔아도, 걱정하지는 말자. 그 팥으로 팥빙수를 시원하게 만들어 먹으면 되니까.

2.
무엇이든 잘하고 싶다면
공부를 해야 해

음식 배달로 유명한 '배달의 민족'이라는 회사 CEO인 김봉진 씨는 과거 〈SBS 힐링캠프〉라는 TV 프로그램에 출연했어. 고졸·지방대 출신이라 상대적으로 성공의 기회가 적다고 느끼고 있는 젊은이들에게 이렇게 조언했지. 명문대를 다닌 사람들은 김봉진 씨가 고등학생 시절 놀러 다닐 때 학교에 남아 공부를 열심히 한 사람들이라고 말이야. 그렇게 놀고 싶은 것을 참고 열심히 공부한 결과 명문대를 다닐 수 있었다는 거야. 그래서 그들과 같은 출발점에서 시작한다는 것은 그들의 노력을 무시한 역차별이라 생각한다고 말하더라. 그렇지만 현재 상황에 대한 불만으로는 아무것도 해결할 수 없으니 지금을 인정하고 극복할 다른 방법을 찾아야 한다고. 지금 내가 할 수 있는 것을 찾아 그들보다 두 배로 더 노력하는 것이 유일한 방법이라고 말이지.

한국인이라면 어릴 때부터 '공부'라는 말을 정말 많이 듣고, 그로 인한 중압감도 많이 느끼면서 자라는 것 같아. 학생의 본분이 공부니까 열심히 하지 않으면 마치 모든 것에 문제가 있는 사람이라는 인식도 함께 감수해야 하니까 말이지. 사실 나이를 떠나 사람은 평생 공부를 하면서 살아. 취미나 운동을 위해서, 또는 자격이나 기술을 위해 계속 공부를 하면서 살 수밖에 없지. 어릴 때는 피아노나 태권도 같은 것을 배웠지. 고등학교 때는 대학 입시를 위해 공부하고, 어른이 되어서는 취직을 위한 입사 공부에 모든 시간을 쏟아부어. 좀 더 크면 신체적 건강을 위해 PT(퍼스널 트레이닝) 같은 것도 받아. 이런 것들이 모두 공부에 들어간다고 생각하면 이해하기가 쉬울 거야.

보통 학교 다닐 땐 공부라고 하면 대학 진학을 위해 열심히 했던 학교 성적에 관해서만 생각하는 경우가 많아. 사실 학교 공부는 우리가 평생 하게 될 다양한 공부 중에 그저 하나라고 말하고 싶구나. 만약 특별한 관심 분야나 특기가 아직 없다면 대학 진학과 회사 입사를 위해 학교 공부에 집중해야 하겠지. 하지만 원하는 분야의 예술가나 운동선수가 되고 싶거나, 자영업이나 사업을 하고 싶다면 학교 공부가 아닌 그에 맞는 지식 습득을 위해 노력해야 해. 그러니 우리에게도 너희에게도 공부는 이미 '선택'이 아닌 '필수'라 말하고 싶어. 너희가 모르는 것을 알고 싶고 더 잘하고 싶어서 시간과 돈을 들여서 하는 모든 노력이 바로 공부니까 말이지.

그렇다고 관심 있고 하고 싶은 것만 하라고 말하긴 힘들어. 물론 중·고등학교 때는 국어, 영어, 수학과 같은 학교 공부가 재미없어서 하고 싶지 않은 것도 잘 알아. 이런 것들을 도대체 나중에 어디에 사용하겠냐고 생각하고 시간 낭비라고 생각할 수도 있지. 지금은 이런 것들이 그저 대학 진학을 위해서만 필요하지 인생에서 전혀 쓸모없다는 생각이 들 거야. 하지만 지금 하는 학교 공부와 학교에서 배우는 것들은 너희가 살아가는 데 필요한 일반 상식이나 전문 지식, 그리고 직간접 경험 등 다양한 곳에서 필요한 공부라고 말해주고 싶어. 나중에는 서로가 원하는 목표와 목적이 다르고 현재 처한 상황이 달라 각자 필요한 공부나 경험이 달라질 수는 있어. 하지만 너희가 지금도 하고 있고 앞으로도 하게 될 모든 도전은 '공부'라는 노력과 항상 함께일 거야.

『세이노의 가르침』에서 저자 세이노는 노력이란 좋아하는 것을 더 많이, 더 열심히 하는 그런 취미 생활이 아니라고 말했어. 자기가 좋아하는 책만 읽거나, 하기 싫다고 해야 할 일을 하지 않으면 편협한 사람이 된다고 강조했지. 점점 부자(성공)의 길에서 멀어진다고 말이야. 너희의 삶에서 가장 큰 도구가 되어줄 공부를 단순히 학교 공부의 경험으로 인해 두려워하거나 지겨워하지 않았으면 좋겠어. 원하는 공부를 통해 다양한 지식과 생각, 그로 인한 경험까지 갖게 된다면 지금까지와는 전혀 다른 통찰력과 추진력으로 너희의 성공 확률은 높아질 테니까.

사실 무엇인가에 흥미와 재미를 느꼈다고 모두가 더 많이 알거나, 더 잘하고 싶어 하는 것은 아니야. 그냥 관심도에 따라 딱 그 정도만 알아도 되거나, 더는 자세하게 알고 싶지 않을 수도 있어. 사실 모두가 공부를 즐겨하는 열정이 있는 것도 아니고. 비록 너희가 원하는 공부를 한다고 해도 그 과정이 정말 쉽지 않을 수도 있어. 처음 생각한 것과는 달리 다양한 변수가 있을 수 있고, 예상하던 미래를 만나지 못할 수도 있으니까.

너희가 원하는 분야에서 정말 재밌고 보람 있게 일했으면 하는 게 모든 부모가 바라고 원하는 것이라고 확신해. 그래서 너희가 미래에 환하게 웃으며 행복하게 살길 원해서 공부도 열심히 하기 바라는 것이고. 아무래도 공부가 그 행복한 삶의 확률을 더 높여준다고 생각하니까. 그렇다 보니 오랫동안 안정적이고 만족스럽게 살기 위해 가장 좋은 건 원하는 분야의 전문가가 되는 것 같아. 많은 경험과 노하우를 습득하고 마지막엔 한 분야에서 최고의 경지에 올라간다면 안정적인 삶을 살 수 있다고 생각하니까.

물론 최고의 경지에 올라가야 한다는 것은 그 분야에서 대체 불가능한 사람이 되어야 함을 말해. 내가 정말 하고 싶고, 재밌어하는 분야에서 대체 불가능한 최고가 된다고 생각해 봐. 당연히 매일 행복하고 모든 것이 만족스럽겠지. 너희가 원하는 것을 하면서 경제적 만족감과 정신적 성취감을 얻기 위해선 보다 집중적이고 전문적인 공부는 당연한 거야. 그 누구보다 더 많이 알고, 그 누구도 너희를 넘어설 사람이 없다면 대체 불가능한 전문가라고 말할 수 있겠지.

그런데 아직 너희가 무엇을 좋아하는지 어떤 공부를 해야 할지 모를 수 있어. 그렇다고 너무 조급해하거나 불안해하지 않았으면 좋겠어. 모든 사람은 저마다 자기가 잘하는 것을 갖고 있지만, 그저 아직 때가 되지 않아 느끼지 못하는 것뿐이니까. 『언바운드』에서 조용민 저자는 어려운 상황에서도 스스로 포기하지 않고 노력한다면 더 성장할 수 있는 '틈'이 보이고, 그 틈이 결국 '성공'으로 연결될 수 있다고 말했어. 물론 하고 싶거나 좋아하는 것을 당장 찾기 어려울 거야. 그렇다면 정말 하기 싫은 것만 빼곤 하나씩 해보는 것도 틈을 찾기 위한 한 가지 방법이 될 거라 말해주고 싶어.

너희가 무엇인가를 하면서 살아야 한다면 가장 좋아하는 것을 하면서 살길 바라. 하지만 사실 그것이 말처럼 쉽지 않다는 것을 잘 알아. 그래서 혹시 조금이라도 관심이 있다면 걱정보단 우선 시도해 봤으면 해. 성공한 사람 중 처음부터 관심이 많고 성공할 것 같아 시작한 사람은 많지 않다고 하니까. 『하마터면 열심히 살 뻔했다』에서 하완 저자는 다양성이 빠진 한국의 '정답 사회'를 언급했어. 마치 우리 삶에 '정답'이 있다고 믿지만 사실 정답은 없어. 각자 자신의 삶 속에서 자신만의 답을 찾으며 살고 있으니까. 그러나 확실한 것은 '오답'은 있다는 거야. 원하는 분야에서 성공하고 싶은데 노력도 공부도 하지 않는다면 그건 완전한 오답이야. 그 오답을 따른다면, 그나마 갖고 있던 너희의 성공 확률을 더 낮게 만들 테니까. 그 사실만 기억하면 돼.

3.
프로 N잡러 시대,
어떻게 해야 할까?

요즘 인터넷이나 뉴스 매체들을 통해 '고물가'란 말을 어렵지 않게 들을 수 있지? 급격한 물가 상승으로 회사나 가정 모두 더 경제적 소비에 집중하는 시기라고도 해. 고물가 시대다 보니 '짠물 소비'가 트렌드로 자리 잡고 일부는 앱테크(앱+재테크)를 통해 포인트를 현금처럼 사용하며 견디고 있어. 또 다른 사람들은 제한적인 수입을 극복하고자 '투잡러' 또는 'N잡러'로 고물가 시대와 싸워나가고 있기도 하고 말이야. 운전만 할 수 있으면 가능한 배달이나 대리운전에서, 투자 비용이 없는 온라인 쇼핑몰과 같은 '이커머스(e-commerce)'까지 다양해. 고물가에 고령화사회에 들어간 시대를 반영해 이제 더는 한 가지 직업으로 평생 사는 것이 답이 될 수 없음을 이미 알고 있어.

우리가 살면서 많이 사용하는 단어이지만 혼동하는 것 같아서 직업과 직장의 차이에 대해 말해보려 해. 직업은 전문성을 갖고 맡은 일을 하는 것이고 직장은 그런 일을 하는 장소로, 쉽게 회사라고 보면 되겠지. 너희가 다니는 학교라는 직장에도 교장 선생님, 국어 선생님, 영어 선생님, 보건 선생님 등 다양한 직업이 존재한다고 보면 이해가 쉬울 거야. 보통 일하는 장소가 바뀌어도 하는 일이 같거나 비슷한 경우가 많으니 직장보다는 직업이 더 중요하다고 할 수 있어. 한 가지에 전문성을 가지면 다양한 아이디어를 결합해 새로운 것을 만들 수 있으니까.

한 가지 일을 하면서 평생 살 수 있던 시대가 있었어. 지금처럼 고물가 시대가 아니었고 평생이라고 할 수명도 지금보다 상대적으로 짧았으니까. 물가 상승뿐만 아니라 고령화사회로의 진입 또한 직장에서 정년을 맞이해도 우린 계속 일을 해야 하는 이유기도 하고. 80세 이상으로의 평균수명 상승으로 사실 정년 후에도 20년 이상 경제활동을 계속해야 할 것 같아. 아주대학교 김경일 교수는 한 강연에서 현재 40대 이하의 사람들은 앞으로 은퇴 없이 계속 일해야 할 거라고 말했어. 현재 우리 사회의 의료나 복지 시스템의 발전과 인구 감소의 결과라고 말이야. 일할 사람은 없는데 노인들의 신체가 건강하다면 결국 계속 일을 하며 경제적 안정감과 함께 정신적 만족감도 얻게 될 거니까.

한 직장에서 정년은 결국 일을 끝내는 게 아닌 새로운 곳으로의 이직을 의미한다고 이해해야 해. 그렇다고 두려워하거나 어려워할 필요는 없을 것 같아. 너희의 부모님 세대인 우리부터 이런 삶이 자연스러워질 테니까. 그저 한 직장에서, 한 직업으로 평생을 보낼 수 없다는 것을 인정하고 다양한 일과 삶을 준비한다면 쉽게 시작할 수 있을 거야. 한국 고용정보원이 2020년에 발간한 『한국직업사전』에는 총 1만 6,891개의 직업이 등록되어 있어. 시간이 꽤 흘렀고 AI 유행을 고려한다면 조금 차이는 있겠지만, 그렇다고 아주 큰 차이는 없을 것 같아. 이 많은 직업 중에 그저 내가 좋아하는 것을 먼저 해보고, 만약 좋아하는 것이 혹시 없다면 정말 싫지 않은 것부터 해보길 권하고 싶어. 앞으로의 삶에 흥미롭고 다양한 일거리들이 그 안에 반드시 있을 거라고 믿으니까.

　요즘 사회에 알려진 '수저계급론'에 대해 설명하지 않아도 잘 알 거야. 흙수저, 쇠수저, 동수저, 은수저, 금수저, 다이아몬드수저 등 부모의 소득과 지위 격차를 냉소적으로 표현한 거지. 사회적으로 많은 논쟁거리가 되기도 했지만, 누군가는 당연하다고 생각하고 또 누군가는 합리적이지 않다고 얘기해. 하지만 결국, 중요한 것은 그 논쟁과는 상관없이 그리 쉽게 없어질 것 같진 않다는 거야. 이런 수저계급론이 지속해서 언급될수록 소위, 흙수저나 쇠수저라고 생각하는 사람들은 그저 현실을 받아들이고 나아지지 않을 현재와 미래에 불만을 토로할 거야. 그러다가 그 어떤 도전도 해보지 못하고 자기가 처한 상황을 당연한 듯 받아들이고 말겠지.

　영화배우 윤여정 씨는 예능에 나와 불공정하고 불공평한 인생에 관해 이야기한 적이 있어. 그것이 당연히 우리 사회에 존재하지만, 오직 나만이 그

서러움을 극복할 수 있다고 했어. 가장 절박한 순간에 아무것도 따지지 못하고 그저 모든 것을 다 해야만 했고, 그렇게 한 결과 지금처럼 자신이 갖게 될 서러움을 확실히 극복할 수 있었다고 하면서. 그녀처럼 인정할 것은 인정하고, 못하는 것보다 할 수 있는 것에 집중하는 자세가 더 필요해. 복잡하고 어렵겠지만 다양한 것 중에 흥미롭고 관심이 가는 것을 정해봐. 그리고 집중하고 또 그 과정을 계속 반복한다면 불공정하고 불공평함에 순응하지 않고 변하고 있는 너희를 발견할 테니. 앞서 말한 수저 외에도 '근수저'나 '정서적 금수저' 등 다양한 곳에서 너희의 실제 가치를 발견할 수 있을 테니까.

요즘 '티끌 모아 티끌'이란 얘기를 종종 들어봤을 거야. 더는 예전처럼 티끌로는 태산을 만들 수 없음을 의미하지. 하지만 티끌은 티끌이란 것에만 집중해서, 시작 전에 포기한다면 아무것도 이룰 수 없을 거야. 결국, 태산을 얻기 위해선 그 하찮은 티끌이 있어야 시작할 수 있음을 명심했으면 좋겠어. 뭐가 있어야 다양한 노력과 수단으로 모은 티끌을 계속 붙여 그 크기를 키울 수 있을 테니까. 그렇게 계속 붙여가다 보면 설사 태산은 안 되더라도 언덕이나 동산 정도는 얻을 수 있겠지. 티끌이 무조건 태산으로 변한다는 것보다 티끌이 태산으로 가기 위한 그 시작점이 된다는 것에 초점을 더 맞췄으면 좋겠어.

'방향이냐 속도냐.'라는 말을 어렵지 않게 들어. 물론 어느 것이 옳다고 할 수 없지만, 무엇인가를 할 때 가장 기본이 되는 궁금증이라고 생각해. 하지만 그렇다고 둘 중 하나를 선택해야 하는 문제는 아닌 것 같아. 모든 사람은 목표를 빨리 이루고 싶어 하고 그러기 위해선 올바른 방향을 설정해야 더 빠르게 성취할 수 있다고 믿으니까. 그저 방향은 목적지로 가는 속도를 높이기 위한 기본 요소라고 생각해. 단점을 극복하기 위해 노력하면서 방향도 속도도 내지 못하는 것보단, 압도적인 강점을 찾아 몰입해 속도를 높이는 것이 훨씬 중요해. 단점은 과감히 버리고 내가 모르는 강점을 찾기 위해 다양한 것을 시도하는 노력이 정말 필요하단다. 단점을 장점으로 만들려고 매달릴 때 그저 장점도 없고 단점도 극복하지 못한 선수가 된다고 한 『럭키』의 김도윤 저자의 말이 생각난다.

취업도 어려운데, 은퇴도 힘든 시대구나. 직업도 여러 개를 가져야 하는 고물가 시대에서 살아남아야 한다고 생각만 해도 걱정이 많을 거야. 그렇다고 시작하기도 전에 두려워하고, 실패를 생각해 아무것도 하지 않는다면 어떨까? 그렇다고 그 스트레스가 없어지진 않을 것 같아. 생각이 너무 많은 사람에게 모델 한혜진 씨는 '생각이 길어지면 용기는 사라진다.'라고 말하며 생각을 하지 말고 그냥 하기를 강조했어. 어쩌면 우리는 이미 답을 알고 있지만, 너무 많은 생각을 하는 것이 아닐까 염려되기도 해. 아는 것을 적용하고, 생각하고 느낀 것을 그저 행동으로 옮기기만 해도 이미 우리가 가진 한계를 뛰어넘은 거란다. 그 사실을 잊지 않았으면 해.

4.
롱런하는 힘은
체력에서 나온단다

최근 넷플릭스에서 방영된 〈피지컬 100〉이라는 예능 프로그램에 대해 들어봤니? 국적 상관없이 한국에 거주하며 몸 관리가 잘된 사람들이 나와 개인 및 팀별로 주어진 '퀘스트(도전 과제)'를 진행하는 프로그램이야. 간단히 설명하면, 100명의 출연진 중 완벽한 피지컬을 가진 최고의 1인을 뽑는다는 내용이지. '시즌 1'과 '시즌 2' 모두 성공적으로 방영될 만큼 인기가 많았어.

보통 일반인에서부터 분야별 유명한 사람까지 자신의 신체를 단련하고 그 능력을 향상한 다양한 사람들이 참가해. 그들은 퀘스트를 진행하면서 이룬 성공을 통해 자신감을 충전하고, 실패를 통해 반성과 새로운 의지를 다짐해. 왜 그들은 몸을 이용한 퀘스트의 성패를 통해 자신감이나 의지를 배우는 걸까? 아마 체력과 정신력은 아주 강력하게 연결되어 있기 때문일 거야. 살면서 자신감을 키우고, 의지를 갖는 것은 큰 자산이 된단다. 너희도 그런 습관을 키워간다면, 꿈을 실현할 수 있는 사람이 될 것이라 믿어.

'건강한 신체에 건강한 정신이 깃든다.'라는 말을 들어봤을 거야. 신체가 건강해야 정신도 건강하단 뜻으로 신체 관리의 중요성에 대해 알 수 있는 말이지. 물론 나이가 들어감에 따라 우리 몸이 늙어간다는 것은 자연스러운 일이야. 하지만 의료 기술의 발달로 '무병장수'는 힘들어도 '유병장수'는 충분히 가능한 시대가 왔어. 의학의 힘을 빌려 우리 몸의 병을 다스리며 함께 살아갈 수 있는 시대가 온 거지. 하지만 아무리 그런 시대가 와도 여행하면서 좋은 음식을 먹고 좋은 풍경을 감상할 수 있는 체력이 없다면 아무 소용 없겠지.

결국, 의학적 도움으로 병을 관리해도 건강한 몸을 갖고 유지하기 위한 노력을 해야 해. 의학적으로 또 사회적으로 이런 시대가 왔는데도 우리 몸에 체력이 없다면 아무것도 보고 느낄 수 없을 테니까. 그러니까 우린 자기 관리를 통해 최대한 건강하게 살기 위한 우리의 몸을 만들어야 하겠지. 그건 우리가 반드시 행동으로 옮겨야 할 우리의 몫이니까 말이야. 물론 어렵다고 느낄 수 있지만, 사실 그렇게 거창하거나 힘들지 않아.

건강한 몸을 만들기 위해 딱 네 가지 정도를 지키면 된단다. 우선, 잠을 충분히 잤으면 좋겠어. 물론 상대적이겠지만 잠을 충분히 자지 못해 다음 일정에 영향을 미친다면 그건 미래의 건강을 미리 사용한 거야. 그리고 몸에 좋은 것을 먹었으면 좋겠어. 건강한 음식이 들어가야 건강한 몸을 만든다는 것은 사실 당연한 얘기잖아. 또 운동은 선택하는 게 아니라 필수야.

아무리 바빠도 나를 위한 운동 시간은 반드시 있어야 해. 회사나 집에서 계단으로 걸어갈 시간조차 없다면 반성해야 해. 마지막으로 집중력과 사고력을 길러주는 독서를 추천해. 독서는 우리의 뇌를 단련하는 최고의 방법이니까.

사실 가장 중요한 것이 건강이라고 말하고 싶어. 공부하든, 일하든, 취미 생활을 하든 건강을 잃는다면 그 어떤 것도 할 수 없으니까. 『부자의 1원칙, 몸에 투자하라』에서 유영만 저자는 건강의 중요성에 대해 이렇게 얘기했어. 건강을 통해 인내심이 증가하고, 그런 인내심을 통해 시련과 역경을 잘 견뎌낼 수 있다고. 게다가 너희의 밝은 미래를 실현하기 위해서 꼭 필요한 상상력도 건강에서 나온다고 말이지. 만약 어렵고 힘든 상황에서도 너희가 좋아하는 상대를 위한 배려와 공감 능력을 갖추고 싶다면 그것도 체력이 있어야 한다고.

그렇다면 건강의 중요성을 말할 때 근력을 키우라고 하는데, 왜 그럴까? 우리는 보통 근력이라고 말할 때 온몸이 근육으로 꽉 찬 보디빌더들이나 운동선수들의 모습을 생각하는 경우가 많아. 하지만 보통 사람이 자신의 일상생활을 무리 없이 살아갈 수 있는 기본적인 힘을 그냥 근력이라고 말하고 싶어. 단지 근력에도 상·중·하 같은 수준이 있어 운동선수들과 우리들의 근력 수준은 당연히 다른 거고. 하지만 우리 주변을 보면 일상생활에 필요한 보통의 근력마저도 갖고 있지 않은 사람들을 쉽게 볼 수 있어.

근력은 우리가 원하는 것을 성취할 수 있게 해주는 아주 중요한 힘이야. 우리에게 때론 상상력으로, 때론 추진력으로, 때론 생명력으로 큰 영향을 줄 거야. 건강하니 상상할 수 있고, 성실하고 부지런히 움직일 수 있으니까. 더욱이 어떤 시련에도 좌절하지 않고 결국 최고의 경지에 우리를 올려놓을 테니까. 육체적 건강함은 결국 너희의 인내심을 키워주고 힘들고 지칠 때 멘탈을 잡아 다시 도전하게 만들어줄 거야. 만약 우리 몸에서 근육이 점점 사라진다면 육체적 자신감도, 정신적 자신감도 결국 유지될 수 없게 되겠지.

건강으로 인해 발달하고 유지되는 자신감은 우리의 정신력뿐 아니라 외적으로도 상당한 영향을 미쳐. 온몸이 자신감으로 충전되어 있고 정신적 만족도가 높아지니 당연히 만나고 대화하는 사람들에게 좋은 인상을 주겠지? 잘 자고, 잘 먹고, 에너지가 충만하고, 성취감 높고, 자신감마저 높으니 당연히 인상이 좋아지겠지. 게다가 항상 웃으며 자신감 있는 얼굴로 확신에 찬 말만 한다면 그 얘기를 듣는 상대도 그 긍정의 기운을 받고 싶어 할 테고. 나쁜 기운을 받고 싶어 하는 사람은 아마 없을 거야.

그러니 외모를 가꾸는 것 또한 건강을 유지하기 위한 행동이라 할 수 있어. 『마인드셋』의 저자 캐럴 드웩은 성실한 자기 관리로 내면과 외면을 동시에 가꾼다면 노력이 배가 되어 돌아온다고 얘기해. 사람들의 신뢰가 높아지고, 업무 실적과 급여는 더 올라가고, 주변에 좋은 사람들이 모여든다고 말이야. 외모를 가꾼다고 해서 이목구비가 뚜렷하고 이쁜 얼굴을 만들기 위한 외모지상주의를 말하는 게 아니야. 그냥 단정한 얼굴과 머리 스타일, 그리고 구겨지지 않은 셔츠 등 좋은 인상을 주려는 노력에 초점을 맞춰야 한다는 얘기지.

몸이 아프면 좋은 인상을 유지하기 쉽지 않아. 그것이 병원에 입원해서는 건강한 꿈을 꿀 수 없다는 이유라고 하더라. 건강을 유지해서 얻게 된 외모의 변화는 너희의 말을 듣는 상대의 신뢰감을 상승시켜줄 거야. 너희와 말하는 대화 상대는 다른 사람보다 말하면 더 듣고, 물건을 팔면 더 사고, 맛있다고 하면 더 먹을 확률이 높아진다는 거지. 이렇게 건강을 유지하기 위해서 시작한 노력이 너희 인생의 결과를 바꿔줄 거야. 인생의 결과는 우리 스스로가 한 모든 노력이 복리로 쌓인 결과니까 말이야. 너희가 원하는 성공은 노력의 '덧셈'이 아닌 '곱셈'으로 너희 앞에 반드시 나타날 것이라고 믿었으면 좋겠어.

보통 우리는 현재 우리가 가진 건강함이 평생 유지될 것으로 생각하며 살아. 바쁘거나 시간 없다고 내일이 아닌 오늘만 보고 잠도 충분히 자지 않고, 대충 먹고 때우고, 운동도 거의 하지 않고 말이지. 그리고 때론 우리는 나의 몸보다 세상의 시각과 논리를 더 중요하게 여기기도 해. 하지만 유영만 저자의『부자의 1원칙, 몸에 투자하라』에서 강조한 것처럼, 몸은 우리의 중심이자 뿌리라는 사실을 잊으면 안 돼. 이게 무너진다면 우리의 이성과 감성, 그리고 정신까지 모두 잃게 되니까. 그게 우리가 시간을 내서 운동을 반드시 해야 하는 이유니까. 우리가 원하는 그 미래에 당당한 모습으로 우뚝 서 있고 싶다면 몸에 대한 투자를 게을리하지 말자.

5.

'경제적 자유'만을 외치기 전에
알아야 할 것

TV나 유튜브, 각종 미디어를 통해 '영앤리치'나 '파이어족' 등에 대해 들어봤을 거야. 젊은 나이에 상당한 부를 이뤘거나, 남들보다 더 일찍 경제적 자유에 도달한 사람을 뜻하는 말이야. 물론 우리가 오로지 돈만을 위해서 일하는 것은 아니지만 그렇다고 돈이 중요하지 않다고 할 수도 없어. 사실 돈이 없다고 불행한 것은 아니지만 돈이 없으면 불편한 건 사실이니까. 이미 우리나라는 65세 이상이 전체 인구의 19.5%를 차지하는 고령화 시대로 진입했어. 그로 인한 노동의 한계는 곧 생명과 직결된 문제이니 더 늦기 전에 경제적 자유를 갖고 싶어 하는 것이 당연해. 건강해서 경제활동을 계속하면 좋겠지만 그렇지 못할 경우도 대비해야 하니까.

지금은 크게 상관이 없어 보일 수 있지만, 행복한 삶을 위해서 경제를 아는 것은 무엇보다 중요해. 웹툰 작가이자 방송인인 기안84는 '자유'와 '돈'이 자신의 행복의 조건이라고 했어. 아끼고 사랑하는 사람과 행복을 나누고, 자신의 자존감과 자유를 지키기 위해 돈은 필수라고 말이야. '경제적 자유'

라는 말 또한 일하지 않아도 경제적으로 어려움이 없는 상태이니 결국 기안84의 말과 크게 다르지 않아. 시간과 자유를 온전히 나를 위해 쓰기 위해선 일하지 않아도 들어올 고정 수입이 있어야 해. 그러니 그저 경제적 자유에 대한 의지나 생각, 그리고 바람만으론 달성할 수 없어.

요즘 우리나라에서 태어나는 아기들이 줄고 있다는 것을 잘 알고 있을 거야. 그리고 물가가 많이 올라 급여가 매년 인상돼도 마음껏 물건을 구매하기 힘들다는 것 또한 잘 알 거야. 그렇다면 이런 고령화사회와 저성장·저금리 경제 시대에 우리는 어떻게 해야 할까? 그리고 최종 목표인 경제적 자유는 어떻게 이뤄야 할까? 현재 내가 처한 상황을 객관적으로 확인하고 평가하는 것을 가장 우선해야 한다고 말해주고 싶어. 냉철하게 오늘의 나를 바라보며 내일을 위해 노동력과 자본력을 활용한다면 원하는 미래에 가장 가깝게 다가갈 수 있을 테니까.

물론 말처럼 그렇게 쉽게 접근하기 힘들다는 거 잘 알아. '2022년 하반기(10월) 지역별 고용 조사' 마이크로데이터를 분석한 결과에 따르면 20대 이하 직장인의 절반가량이 200만 원대 월급을 받는다고 하니까 말이야. 하지만 앞에서 말한 '수저계급론'이나 '티끌 모아 티끌'이라는 말로 너희의 인생을 시작하기도 전에 한계를 정하지 않았으면 해. 어차피 최선을 다해 노력하다 보면 우린 결국 우리의 한계를 자연스럽게 만나게 되어 있기 때문이지. 그때 만난 그 한계를 자연스럽게 인정하고 넘어보려고 하는 것이 더 보람 있고 만족스러울 거야. 모든 문제는 해답이 있거든. 그러니 미리 한계를 정하고, 걱정되고 두려워서 도전을 주저하지 말자.

만약 건강해서 노동력을 제공하거나 콘텐츠가 많아 디지털 노마드로 평생 수입을 만들 수 있다면 좋겠지. 하지만 그렇게 하지 못한다면 갖고 있는 자산을 금융 상품을 통해 불려 지속적인 수입을 만들어야 하겠지. 예금과 적금, 주식과 채권, 부동산이나 외환 등 우리가 올바르게 배우지 못해 적절하게 활용하지 못하는 다양한 자산 증식 방법을 통해서 말이야. 나만의 은퇴 시점에 도달해서 일정한 돈을 규칙적으로 받고, 안정적인 삶을 살기 원한다면 경제적 자유로 가는 나만의 여정을 일찍 시작해야 해. 그리고 가장 중요한 것은 목표와 끈기를 갖고 흔들림 없이 가야 하는 거고. 최종 결과는 지금이 아닌 먼 미래에 너희가 은퇴할 때 피부로 느끼게 될 테니까.

티끌 모아 태산이 아닌 동산이라도 되기 위해선 돈을 벌고, 모으고, 불리는 과정이 아주 중요해. 보유 자산을 늘리기 위해 올바른 투자 방향을 정하고 합당한 투자 분배를 한다면 태산은 아니더라도 동산은 충분히 될 테니까. 여기서 너희에게 '태산'과 '동산'에 대해 말해주고 싶어. 모든 사람이 태산을 갖는다는 것은 사실 어렵다고 생각해. 태산은 아주 돈이 많은 부자, 즉 재벌이라 생각하거든. 하지만 우리 노력 여하에 따라 동산은 충분히 가능하다 믿어. 아주 돈이 많진 않지만 매월 일정하게 생활비가 들어온다면 안정적으로 살 수 있으니까. 물론 개인에 따라 원하는 액수의 차이는 있겠지만, 그런 삶이 바로 우리가 말하는 '경제적 자유'일 테니까.

어떤 방법으로 어떻게 저금하고 투자해서 돈을 벌고 모으고 불리란 얘기를 하려고 하는 게 아니야. 경제적 자유를 갖기 위한 직접적이고 빠른 방법을 알려주려는 것도 아니고. 방법은 다양하니, 잘 확인하고 공부해서 경제적 자유라는 목표를 향해 적극적으로 달려보자는 거지. 많이 들어봤거나 잘 안다고 덥석 물지도 말고, 안 들어봤거나 잘 모른다고 의심만 하지 말라는 얘기야. 모르면 잘 알기 위해 공부하고, 내 의지로 실행하고, 그 결과를 통해 얻거나 배우면 된다는 얘기지.

그러기 위해선 가장 우선해야 할 것이 근로소득이라 생각해. 경제적으로 여유롭지 않다면 가진 노동력과 시간을 활용해 받는 기본적인 급여가 있어야 하니까. 매월 규칙적인 돈을 확보하는 것이 경제적 자유로 가는 모든 여정의 시작이 될 테니까. 『2024 대한민국 재테크 트렌드』에서 서강대학교 김영익 교수는 저성장 저금리로 접어들고 있는 우리나라 경제에 근로소득이 아주 중요하다고 강조해. 만약 우리가 한 달에 500만 원을 벌면 50억 원을 가지고 있는 거와 똑같은 시대가 올 것이라고 언급해. 그건 생명보험회사 연금 상품에 50억 원을 투자한다면 매월 500만 원을 받는 것과 같은 현금 흐름을 만들 수 있다는 거니까.

근로소득으로 급여가 들어온다면 생활비 등을 제외하고 돈을 모으고 불리는 습관이 필요해. 예금이나 적금, 주식이나 채권, 청약, 외환, 금 등과 같은 다양한 금융 상품을 활용할 수 있어. 현재의 주식이나 채권시장의 상태, 은행의 예·적금률, 아파트 청약 당첨 가능 금액, 환차익 시세, 직간접적인 금 구매 등 티끌을 모을 금융 상품들은 다양하니까. 물론 이 모든 것에 다 투자할 필요는 없어. 현재의 경제적 상황이나 금융시장을 고려해서 공부하고 투자하길 추천해. 하지만 근로소득에서 계획된 저축과 투자금을 먼저 사용하고 남은 돈을 사용해야겠지. 저축 소비 습관과 투자 관리 습관을 위해 '통장 쪼개기' 같은 것들이 도움이 될 수 있어.

물론 종잣돈이라는 목돈이 마련되고 은행으로부터 주택이나 아파트 담보대출을 받는다면 내 집을 가질 수 있어. 만약 좋은 지역에서 사게 된다면 매매가격 상승을 통한 시세 차액을 노려볼 수 있어. 또는 전세금을 받아 추가로 주택이나 아파트를 매매할 수도 있겠지. 매월 규칙적인 수입을 원한다면 임대를 통한 임대 소득을 받는 것도 좋은 방법이고.

일정 기간 이상 회사에 일하면 퇴직할 때 일시금으로 받는 퇴직금이나 월별로 받는 퇴직연금이라는 제도가 있어. 물론 필요에 따라 다르겠지만 경제적 자유를 꿈꾼다면 규칙적으로 들어오는 연금이 좋겠지. 더는 경제활동을 하지 않는 사람에게 매월 들어오는 돈은 경제적 안정감을 주기 충분하니까. 퇴직연금 외에도 다양한 금융 상품을 통해 개인연금이나 주택연금을 추가

할 수도 있어. 배당 주식 투자를 통해 정기적으로 배당소득을 받을 수도 있고. 비록 연금제도는 큰 목돈을 보유하기는 제한되지만, '황금알을 낳는 거위'처럼 매월 안정적으로 생활비를 제공한다는 것이 큰 장점이니까.

'통계청'과 'NH투자증권' 연구에 따른 '노후 소득 피라미드'를 보면 60세 이상 완전 은퇴 가구의 '생활비 충당'에 대한 기준을 알 수 있어. 2021년 기준으로 작성되었고 '은퇴귀족층', '은퇴상류층', '은퇴중산층', '상대빈곤층', '절대빈곤층' 5가지로 구분되어 있지. 이 중 생활비가 여유 있다고 생각하는 계층인 은퇴귀족층(월 소득 525만 원, 전체 2.5%)과 은퇴상류층(월 소득 372만 원, 전체 8.1%)의 차이는 뭘까? 바로 수십 년간 은퇴를 준비하며 만들어온 총연금액의 차이였어. 결국 '경제적 자유'는 매월 들어오는 안정적인 자금이 기본인데 그게 하루아침에 만들어지진 않아. 돈이 돈을 벌어다 주는 시스템을 갖고 싶다면, 하루라도 일찍 저축하고 투자해야 해. 투자와 시간의 복리가 티끌을 동산으로 만들 가장 쉬운 방법이니까.

6.
모든 기회는
사람에게서 온다

'나'보다 '우리'라는 단어가 평범하게 사용되는 나라가 아마 '우리나라' 한국일 거야. '우리 학교', '우리 선생님', '우리 엄마'처럼 직접 관련이 없는 사람에게조차 이렇게 버릇처럼 얘기하니까. 나보다 우리가 중요한 한국 사회는 어쩌면 혼자보다는 함께 가야 한다는 생각을 항상 하고 있었는지도 몰라. 그렇다 보니 각자의 다름을 인정하기보단 '하나의 목소리'를 내기 위해 다양한 의견을 하나로 설득하고 조율하는 거지. 사실, 다양한 의견은 현명하고 지혜롭게 답을 찾아가는 과정이 맞아. 하지만 무엇이든 빨리하기 원하는 우리의 학교나 회사에서는 답이라 할 수 없겠지. 우리 삶에 정답은 없지만, 성공적인 학교생활이나 사회생활을 위해선 따르면 '유리한 공식' 같은 것은 있는 거니까.

그렇다면 사회성이 좋다는 것은 과연 무엇일까? 친구나 동료들로부터 나의 능력을 인정받는 걸까? 아니면 그들과 좋은 관계를 유지하는 걸까? 쉬운 질문 같아 보이지만 다양한 사람이 함께 살아가는 현실에서 하나의 답을 정하기 쉽지 않아. 결국, 공부나 일을 잘하든 인간관계가 좋든 다른 사람들로부터 나를 인정받아야 할 부분이니까. 나만의 능동적인 행동의 결과가 아닌 다른 사람들의 평가를 수동적으로 받아야 하기에 결코 쉬울 수 없어. 상대의 긍정적인 모습을 배우고자 하는 사람도 많지만, 어떻게든 부정적인 모습을 찾아내 깎아내려는 사람도 많으니까.

『언바운드』에서 조용민 저자는 협업이나 협동의 중요성에 대해 이렇게 말해. 내가 갖고 있지 못한 것을 다른 사람으로부터 배우는 것이 '협업 시스템'의 장점이라고 말이야. 이런 시스템을 통해 내가 가진 자원과 능력의 한계를 넘을 수 있고, 예상하지 못한 최고의 가치 또한 만들어내는 것이니까. 하나의 목적을 위해 서로 가진 다름을 연결할 때 훨씬 더 창의적인 결과물을 만날 수 있다는 '구글의 철학'이라고 설명해. 즉, 협력과 협동을 통해 다름이 하나로 결합 될 때 우리는 상상하지 못했던 에너지를 갖게 되는 것이니까.

학교에 다니면서 학교 공부를 하거나 자격증 관련 공부를 하는 것은 상당히 중요해. 단체로 대학을 가거나 취업을 하는 것이 아니기 때문이야. 학생이라는 너희의 현재 모습을 평가하기 위한 가장 쉬운 방법이기도 하니까. 그렇지만 요즘 사회 분위기는 개인 능력과 마찬가지로 협업의 중요성 또한 강조되고 있어. 공동의 문제 해결 능력을 키우고자 학교에선 조별로 과제를 하게 하기도 하고 공동으로 프로젝트를 진행하게 하기도 하는 것처럼. 혼자만의 능력만이 중요하다면 왜 조별 과제나 팀 프로젝트를 주는 걸까? 그건 우리가 개인 능력뿐 아니라 협업 능력 또한 아주 중요하게 생각하는 사회적 동물이기 때문인 거야.

지금보다 조금 먼 미래라 다소 이해하기 힘들 수 있겠지만, 곧 다가올 미래라 말해주고 싶어. 학생으로 열심히 공부하는 것이 가장 중요하듯이 회사에서도 직장인으로서 일을 잘하는 것이 아주 중요해. 물론 일의 성과도 당연히 중요하지만 맡아서 하는 일에 대한 전문성 또한, 반드시 가져야 할 기본이고 말이야. 많이 알아야 시험에 자신 있듯이 누가 물어봐도 확실한 답변과 흔들리지 않는 방향성이야말로 전문성을 상징하는 것이니까. 이를 통해 동료들은 너희의 능력과 중요성을 인정하게 될 거야. 게다가 그런 동료들의 평가는 성공적인 업무 성과로 연결되고, 마지막으로 회사는 너희의 능력과 가능성을 높이 평가하겠지. 이 말은 너희는 더 많은 권한과 기회를 회사로부터 부여받으며 일할 거란 말이고.

물론 성공이나 성장의 의미가 사람마다 다르니 너희에게 맞는 목표를 정하는 것이 무엇보다 중요해. 스스로 물어보고 답을 찾아가는 과정에서 본인에게 맞는 범위와 수준의 성장 목표를 정할 수 있으니까. 하지만 너희가 원하는 대학이나 졸업 후 직업을 갖기 위해서라도 한 분야에서 최고가 되기 위한 노력이 중요하다는 걸 알 거야. 새롭게 시작해야 할 조별 과제나 팀 프로젝트가 생겼을 때 너희는 누굴 뽑을까? 지금까지의 성과나 경험을 통해 이미 실력으로 검증된 사람을 당연히 뽑고 싶어 할 거야. 만약 우수한 실력자 중 한 사람을 선택해야 한다면 어떨까? 그렇다면 같이 일하는 데 전혀 문제가 없는 사교적인 사람을 뽑게 될 거야.

'빨리 가려면 혼자 가고 멀리 가려면 함께 가라.'는 말을 들어봤을 거야. 내 능력이 출중해 그 누구의 도움 없이 모든 것을 해결해 내면 얼마나 좋겠어. 불편한 부탁할 필요도 눈치 볼 필요도 없으니 생각만 해도 기분이 좋아지지? 하지만 현실은 도움이나 관계없이 혼자 기분 좋고 편하게 살 수 없어. 물론 '내'가 제일 중요하지만 '우리'나 '모두'를 위해 함께 일하는 '협업'이나 '협동'이 어느 정도 필요한 것이 사실이니까. 물건을 팔아도 물건을 사줄 사람이, 과외를 해도 과외를 받을 사람이 결국 필요한 것처럼 말이야.

그래서 능력과 더불어 사교성 또한 중요하다고 말해주고 싶어. 사람은 혼자 살 수 없기에 어디서든 무리 속에 포함되어 살아가고 있지. 학생으로, 가족으로, 친구로 말이야. 모든 사람이 다 그렇진 않겠지만, 대부분은 그들이 속한 무리 안에서 소속감과 편안함 그리고 안정감을 느끼며 살아가거든. 사회적 관계의 능력은 공동생활과 협업을 할 수 있다는 것이기에 아주 중요한 요소로 평가되기도 해. 그래서 사교성이 좋은 사람들 주변엔 항상 많은 친구가 있다고 봐야겠지. 능력과 사회성 둘 다 좋다면 가장 좋겠지만 만약 둘 중 하나를 골라야 한다면 많은 고민을 하게 될 거라고 장담해.

당장 성적이나 학교생활과 관련해서도 능력과 관계에서 고민이 많은데, 돈을 버는 프로의 세계에서는 얼마나 더 많은 고민을 해야 할지 상상이 될 거야. 월급에 의해 생활도, 여행도, 결혼도, 노후도 모두 결정이 될 테니까. 그래서 너희는 지금 학교에서 이러한 사회성을 경험해 보기 위한 연습을 하고 있다고 생각해. 결국, 너희가 살아갈 사회는 맡은 업무만큼이나 유연한 관계도 중요하니까. 게다가 관찰자나 중재자의 역할을 해주는 선생님은 더는 만나지 못할 테니까. 스스로 노력해서 협업이나 협력, 발전 가능성을 증명하면서 좋은 관계를 맺기 위한 노력 또한 꼭 같이해야 해.

물론 자연스럽게 만들어지면 좋겠지만 그렇지 않더라도 더 좋은 업무 환경이나 관계 증진을 위해서 노력하자. 진심으로 동료를 칭찬하고, 그 성과에 기뻐하고 인정한다면 상대의 마음을 얻을 수 있으니까. 만약, 누군가 해야 한다면 너희가 하는 것을 추천해. 솔선수범이야말로 리더가 갖춰야 할 가장 중요한 덕목이니까. 칭찬과 인정, 그리고 솔선수범은 결국 나보다 상대를 우선하는 겸손에서 시작되거든. 물론 생각보다 더 시간이 걸릴지 몰라도 너희가 가진 겸손은 동료들이 너희를 인정하고 좋아할 가장 큰 무기가 되어줄 거라 확신해.

유명한 프로듀서인 나영석 PD는 유튜브 채널 〈십오야〉에서 나이가 들어서도 계속 불안할 줄 몰랐다고 얘기했어. 어렸을 땐 목표했던 대학이나 회사에 합격하거나, 돈을 많이 벌고 승진하면 더는 불안하지 않을 거라고 말이야. 그러면서 '불안이란 내가 부족하다는 증거가 아니라, 인생을 여전히 잘살고 있다는 증거'라고 생각한다며 적극적인 노력의 중요성을 강조해. 지금의 부족을 넘어서기 위한 적극적인 노력이 그저 불안으로 느껴지는 것 뿐이라고 말이야. 그러니 지금 불안하더라도 다가올 기회를 기다리며 실력과 사회성을 키우기 위해 최선을 다해보자. 우리가 살면서 하는 모든 노력을 연결해 기회로 만들어주는 게 바로 사람이니까.

7.
행운을 부르는
법칙이 있어

성공한 사람들의 얘기나 인터뷰를 들어보면 하나의 공통점을 찾을 수 있어. 그건 모두 긍정적인 자세를 갖고 될 때까지 노력했다는 거야. 많이 들어본 얘기라 새롭게 느껴지지 않을 거야. 하지만 많은 사람이 같은 말을 반복한다면 '사실'을 넘어 '진실'에 가깝다고 생각해야 해. 그들은 "돈이 없다.", "나이가 많다." 등 가지지 못한 것이 아닌 그들에게 주어진 것에 집중하면서 성공할 때까지 노력해온 사람들이야. 시작하기도 전에 부정적인 틀에 너희를 가두지 말고 긍정과 노력의 힘을 믿어봐. 누구도 너희에게 "능력이 없어.", "못할 거야."라는 말을 할 자격이 없으니까. 그리고 너희도 그 말을 믿지 않을 테니까.

국어사전에 보면 운이란, '어떤 일이 잘 이루어지는 운수'라고 정의되어 있어. 즉, 운이란 우리가 노력해서 하는 일이 좋은 성과를 내도록 도와주는 역할을 한다고 생각하면 돼. 그렇다면 긍정적인 생각과 노력이 성공의 열쇠인 것 같은데 운은 왜 중요한 걸까? 우리가 살면서 긍정적으로 생각하고 될 때까지 노력하는 것은 남이 아닌 오로지 내가 할 수 있는 것이야. 성공이라는 최종 목표에 도달하기 위해선 내 노력을 성공에 도달하게 해줄 무엇인가 필요하겠지. 바로 이 노력과 성공을 연결해주는 것이 운이라고 생각해.

『럭키』의 김도윤 저자는 '운은 성공을 위한 나만의 추월 차선'이라 했어. 남들과 똑같은 방법으로는 계속 뒤처질 수 있으니 남들과 다른 나만의 추월 차선이 필요하다고. 주행 차선을 타는 너희의 노력이 운이라는 추월 차선을 탈 수 있다면 성공이라는 목적지에 훨씬 더 빠르고 쉽게 도착할 테니. 고속도로에선 승용차보다 전용 차선을 달리는 버스가 목적지에 먼저 도착하잖아. 그리고 같은 시간과 노력으로 공부했어도 시험 당일에 언제인지, 어디서인지가 시험을 칠 때 큰 영향을 미치기도 하고. 만약 내가 다녀서 익숙한 학교에서 수능이나 토익 시험을 친다면 모르는 학교에서 시험을 치는 사람들보다 긴장을 덜 할 테니까.

운이 좋아서 성공한 사람들을 우린 '행운아'라고 불러. 사실 같은 노력을 해도 남들보다 더 쉽고 빠르게 목적지에 도착하는 것이니까 엄청난 혜택이야. 물론 모두가 좋은 시선으로 운을 바라보지 않아. 기회를 잡은 사람은 긍정적으로, 잡지 못한 사람은 부정적으로 바라보니까. 이서윤·홍주연 저자의『더 해빙』에 인상 깊은 말이 나와. 바로 "공짜를 원하는 사람이 부자가 될 일은 없다."란 아주 간단하고 명료한 말이야. 결국 "노력하지 않은 사람이 운을 잡고 성공할 확률은 없다."라는 거야.

물론 지금은 조금 어렵게 들리겠지만 복리가 얼마나 중요한 것인지를 알아야 해. 재테크에서는 이자가 이자를 만들어 투자 기간이 길어질수록 원금이 엄청나게 증가한다는 것을 의미하거든. 쉽게 말해 내가 쉴 때 내 돈은 쉬지 않고 나를 위해 돈을 벌어다 준다는 것이지. 이런 완벽한 복리 제도가 우리 인생에도 있어. 하루하루의 노력이 쌓여 만들어질 '운의 복리'가 바로 그거야. 처음엔 알지 못할 수도, 작을 수도 있어. 하지만 곧 눈덩이처럼 불어나 너희의 인생 전체에 영향을 끼치게 될 거야.

학교에서 과학 시간에 '해류'나 '조류'라는 말을 들어봤을 거야. 눈으로 봐서 구분하기 힘들지만, 바다는 다양한 흐름이 만나 이뤄졌다고 보면 돼. 어떤 곳은 빨리, 또 어떤 곳은 상대적으로 느리게 흘러가지만, 우리가 보기엔 그냥 바다일 뿐인 거지. 조류의 흐름을 완벽히 이해해 일본 수군을 격파했던 '명량해전'을 생각해 보면 이해하기 쉬울 거야. 이처럼 운 또한 흐름이 있고 이 흐름을 잘 탄 사람들이 바로 행운아인 거지. 만약 우리가 다소 뒤처져 있더라도 우리에게 들어온 운의 흐름을 잘 이용한다면 언제든 역전이 가능한 거야. 세계적인 부자, 석유 재벌 레이 리 헌트는 "만약 운과 지능 중 하나만 골라야 한다면 언제든 운을 택할 것"이라고 했어. 그러니 성공은 재능과 운으로 결정된다는 말을 기억하자.

그렇다면 우리에게 필요한 행운을 만드는 법칙이 있을까? 성공한 사람들은 하나같이 본인만의 성공을 가져다준 운의 법칙이 있다고 해. 물론 그

법칙이 모든 사람에게 정답이 될 수 없겠지만 각자 원하는 삶을 위한 참고는 된다고 생각해. 직접적이든 간접적이든 지식과 경험이 쌓인다면 우리들의 운도 충분히 키울 수 있으니까. 『럭키』에서 김도윤 저자는 성공을 위해 운을 만드는 일곱 가지 비밀에 대해 언급해. 사람, 관찰, 속도, 루틴, 복기, 긍정 그리고 시도라는 일곱 가지 키워드야. 우리가 살면서 충분히 들어도 봤고 생각도 해봤던 것이지만 앞으로 살면서 명심했으면 해.

우리는 살면서 한 노력을 운이라고 하지 않아. 내가 어쩔 수 없는 것이 바로 운이니까. 그러니까 운은 그냥 생겨나는 것이 아니고 누군가 가져다 줘야 한다는 거야. 하지만 '사람'이 주는 운을 잡기 위해선 우리도 항상 준비되어 있어야 해. 모두가 아는 성공한 사람을 만나려면, 우리 자신도 어느 정도 수준에 올라가야 하는 것이 사실이니까.

변화의 속도가 너무 빠른 세상에서 그 변화의 흐름을 '직관'할 줄 알아야 해. 세상은 변화 중이 아닌, 이미 바뀌었어. 이미 거대한 변화가 일어나고 있는데 받아들이기 귀찮다고 외면하지 말고 관심을 두고 목표를 세우자. 내가 없는 것에 집중하지 말고 지금 할 수 있는, 나의 장점에 집중하고 다음에 찾아올 기회를 잡을 준비를 하자.

무작정 열심히 하고 잘한다고 성공하는 시대가 아니야. 재테크에서 최대의 이윤을 내기 위해 노력하듯 우리가 하는 일에서도 효율성이 중요해. 일의 효율성이 높아져야 운이 들어올 확률이 높아지니까. '인생은 속도가 아니라 방향이란 말을 들어봤을 거야. 이 말은 속도보다 방향이 더 중요함을 말하는 것이 아니야. '속도'를 올리기 위해선 올바른 방향 설정이 기본이란 얘기지. 방향이 분명해야 속도를 올릴 수 있지 잘못된 방향이라면 속도는 무의미하니까.

살면서 성적이든, 대학 입시든, 취업이든 생각보다 실패가 잦다면 현재의 나를 돌아보고 바꾸기 위한 노력을 해야 해. '입력값이 바뀌어야 결괏값이 바뀐다.'라는 것을 반드시 명심해야 해. 쉽지 않다면 입력을 다르게 변화시킬 수 있는 '루틴'으로 만들어서라도 말이야. 현재의 나를 똑바로 보지 못하고 계속 같은 고집을 부리면 행운보다는 불행과 함께할 확률이 높아지니까.

너무 바쁜 오늘을 사는 우리는 하루를 살아내고 있다고 봐야 해. 그렇다 보니 피곤한 일상 속에서 만나는 행운과 불운을 미처 알아차리지 못할 때도 있다고 해. 과거에 행운과 불운을 구분하지 못했던 사람은 미래에도 구분 못 할 가능성이 커. 지나간 하루는 어쩔 수 없지만, 그 하루를 '생각하고 돌아본다.'라면 우리 삶을 스쳐 갔던 행운과 불운을 구분할 수 있겠지.

지금 있는 이곳에 만족하지 못하고, 지금 내가 하는 이 일이 가치가 없어 보일 때가 있어. 하지만 어느 곳에서든 배울 것이 있고 얻을 것이 있다는 말을 하고 싶어. 지금 있는 곳에서 큰 변화를 줄 수 없다면, 그곳에서 지금 하는 우리의 노력에 집중했으면 좋겠어. 긍정적인 마음으로 현재를 즐기고 하늘이 너희에게 줄 그 결과를 겸손하게 기다리는 것이 더 많은 운을 불러

올 테니.

농부가 논이나 밭에 아무것도 뿌리지 않았다면 아무것도 자라지 않아. 씨를 뿌려야 비도 맞고, 바람도 맞아 맛있는 쌀이나 과일이 되겠지. '안 심으면 안 난다.'란 말을 다시 명심하고 무엇이든 심어봐. 운은 결국 많이 '노력'한 사람에게 오는 거니까. 복권 한 장 안 사고, 주식 한 주 사본 적 없고, 사업 한번 해본 적 없는 사람이 어떻게 많은 돈이 생기겠어. 뭐라도 해봐야 운이 붙던지 안 붙던지 할 거 아니야. 사과나무 아래서 입만 벌리고 있으면 시간만 낭비하는 거니까.

행운만 타고난 사람도, 불운만 타고난 사람도 없어. 우린 행운도 만나고 불운도 만나면서 살아가니까. 단지 우리가 행운이나 불행을 만났을 때 대하는 삶의 태도가 중요한 거야. 우리가 마주하게 될 일들이나, 우리가 만나는 사람들을 통해 우리 자신을 먼저 이해하고 사랑했으면 좋겠어. 그것이 바로 운을 만드는 습관이고, 그 노력이 우리를 큰 행운과 만나게도 해줄 테니까. 『손자병법』에 "용장(용감한 장수)은 지장(지혜로운 장수)을 이기지 못하고, 지장은 덕장(덕이 있는 장군)을 이기지 못하며, 덕장은 복장(복 있는 장수)을 이기지 못한다."라는 말이 있어. 운이 전쟁이나 전투에서 얼마나 중요한지 알 수 있는 것처럼 우리도 다시 한번 명심했으면 좋겠어.

8.
슬럼프도 극복하는 힘,
계획과 끈기

원하는 목표를 향해 꾸준히 달려나가는 너희의 모습만 봐도 흐뭇할 거야. 하지만 아무리 멋진 목표가 있더라도 노력과 실행 단계로 발전하지 못한다면 아무 의미가 없겠지. 반대로 목표에 대한 과도한 집중으로 발생한 '번아웃'이나 '슬럼프' 또한, 너희의 목표 달성에 걸림돌이 될 수도 있어. 너희가 모두 목표를 향해 달려나가는 추진력과 슬럼프를 해결해낼 능력을 갖추고 있다면 좋겠지만 사실 말처럼 쉽진 않아. 감정이나 컨디션의 영향을 받는 것이 바로 우리 인간이니까 말이야. 하지만 그런 상황에 주변의 영향을 최소화하고 오로지 목표만을 향해 달려갈 방법이 있어. 구체적인 계획 실행은 루틴이 되고, 그 루틴은 끈기를 만들어 결국 슬럼프를 극복하게 해줄 거야.

원하는 성적을 받고 싶거나 원하는 직업을 갖고 싶을 때 우린 공부나 자격 획득에 대한 계획을 먼저 세워. 대학 입학에 필요한 학교 내신이나 자격증을 얻기 위해, 또는 원하는 회사에 들어가기 위한 실행에 옮길 계획 말이야. 그러기 위해선 무엇이 부족한지, 언제부터 시작할 건지, 어디서 준비할 것인지 등 구체적인 계획이 필요해. 만약 부족한 과목이나 필요한 자격증이 있다면 우선순위를 정해 하나씩 완성해 나가야겠지. 만약 시간이나 여건이 가능하다면 동시에 행동으로 옮겨도 되고 말이야.

　하지만 여기서 가장 중요한 것은 학교를 졸업하기 전이나 원하는 회사에 지원하기 전에 이 모든 것이 준비돼 있어야 한다는 거야. 즉, 정해진 시간 안에 필요한 조건들을 갖추기 위해 계획하고 노력해야 한다는 거야. 그렇지 않으면 내가 한 모든 노력이 쓸모없어질 수도 있으니까. 만약 입사 시험이 3월이라면 2월 말까지 공부가 마무리되거나 자격증을 확보해야겠지. 물론 필요한 영어 시험은 1월까지, 컴퓨터 관련 자격증은 12월까지, 필요한 상식 공부는 11월까지 등 세부적인 계획도 추가되어야 하고. 이렇게 나에게 정해진 '데드라인'을 통해 거꾸로 구체적인 계획을 잡아가면 보다 현실적이고 효과적인 계획을 세울 수 있어.

　그러기 위해선 졸업 학점과 같은 성적 관리도 학기별로 필요하니, 시기별 집중해야 할 과목을 중심으로 체계적인 계획이 필요할 거야. 한 번에 성적을 많이 올리는 것보다 학기별로, 학년별로 조금씩 필요한 과목의 성적을 올리는 것이 아무래도 부담이 적을 테니까. 결국, 이런 '데드라인 계획'들은 너희가 원하는 목표를 조금 더 빨리 달성하게 도와줄 거야.

　구체적으로 실행되는 계획은 목표 달성을 원하는 우리에게 지구력을 줄

뿐 아니라, 슬럼프와 싸워 이길 수 있는 극복 능력을 주기도 하니까. 컨디션이 좋지 않을 때나, 번아웃이 왔을 때도 꾸준하게 실시할 수 있는 이런 계획들은 우리에게 루틴을 만들어줘. 이런 규칙적인 루틴은 우리에게 목표에만 집중해서 나아가게 하는 습관이 되고 결국, 그 습관은 슬럼프를 극복하게 해주는 유일한 도구로 작용하게 돼.

2024년 파리 올림픽을 보면서 다시 한번 데드라인의 효과와 루틴의 중요성에 대해 생각해 볼 수 있었어. 지난 도쿄 올림픽이 끝난 후 우리 선수들은 이번 파리 올림픽을 다시 D-day로 설정하고 그를 위한 준비를 시작했어. 국제대회에서 겨룬 세계적인 선수들을 통해 직간접적인 경험을 쌓고 그들에 관해 연구했어. 그리고 마침내 국가대표로 선발되었고 말이야. 이 모든 과정이 단 1년 만에 이뤄진 건 아니야. 최소 3년, 길게는 더 오랫동안 준비하고 훈련한 결과인 거지. 그들은 슬럼프가 와도 무엇을 해야 하는지 이미 알았고, 그러기에 오로지 목표에만 집중했어. 그래서 슬럼프는 더 이상 그들에게 방해 요소가 될 수 없었어.

그렇다면 우리는 목표 달성을 위한 계획을 세울 때 가장 고려해야 할 게 뭘까? 시간 낭비 없이 효과적으로 일이나 공부하기 위해선 '경중 완급'이 가장 필요한 요소라고 생각해. 계획을 세울 때 무엇이 더 중요한지, 무엇이 더 급한지를 고려한다면 아까운 시간 낭비 없이 원하는 목표에 더욱 집중하기 쉬울 테니까. 올바르지 않은 방향으로 아무리 빨리 가도 목표에 도달

할 수 없다는 것을 명심해야 해.

　체계적인 계획과 실행을 통해 만들어진 루틴은 우리가 혹시 만나게 될 슬럼프를 극복하는 것 말고 또 어떤 도움을 줄 수 있을까? 육체적으로, 정신적으로 좋지 않은 상황에도 평소와 같은 루틴을 지속하기 위해서 가장 필요한 것은 바로 끈기일 거야. 무엇인가를 지속해서 할 수 있게 해주는 힘이 바로 끈기라고 생각하거든. 될 때까지 하겠다는 그 각오는 우리가 도전하며 만나게 될 모든 실패, 역경, 그리고 슬럼프를 끝낼 수 있는 유일한 무기일 거야.

　그런 말을 들어봤을 거야. 무엇인가 새롭게 시작할 때 처음 며칠은 힘들지만 한 달을 꾸준히 한다면 습관이 되고 버릇이 된다고 말이지. 그 한 달 동안 몸이 힘들거나 마음이 지치는 날이 물론 있을 거야. 게다가 눈에 보이는 결과가 당장 없다면 당연히 재미도 흥미도 없어지는 것이 사실이니까. 하지만 목표에 대한 집중과 열정은 우리의 습관이 되고 그 습관은 결국 반드시 목표를 달성하겠다는 끈기가 되는 거야.

　『그릿』의 저자 앤절라 더크워스는 무엇인가를 시작할 때 자녀들에게 완성의 경험을 반드시 주라고 말을 해. 단순한 프로젝트라도 자신의 힘으로 완성해본 사람은 이미 목표를 향한 계획과 결과를 향한 끈기의 중요성을 알고 있으니까. 우리는 인생이라는 커다란 계획을 갖고 살아가고 있어. 80

년의 장기 계획 중 시기별로 중·단기 계획을 세우고 실행하고 성취해 나가고 있는 거지. 때론 단기 계획이 실패로 끝날 수도, 때론 중기 계획을 전적으로 수정할 수도 있어. 하지만 이 모든 것이 인생이라는 장기 계획을 실현하는 데 필요한 과정이라는 것을 알아줬으면 해.

어른이 되는 데 필요한 10대의 계획, 직업을 갖기 위한 20대의 계획, 가족을 위한 30~40대의 계획 등 다양한 계획을 실행해야 인생이라는 장기 계획의 끝을 만날 수 있는 거니까. 하지만 인생이라는 큰 계획에 너무 일찍 집중하면 그 오랜 기간에 쉽게 지쳐버릴 거야. 아직 당장은 뚜렷한 결과를 만나기는 힘드니까 말이지. 그럴 때는 현재 마주하고 있는 단기 계획에 집중해보는 것도 괜찮아. 각 단기 목표에 집중하면 중기 목표에, 그리고 결국 최종 목표에 도달하게 될 테니까. 대신 각 목표를 이루고자 하는 '데드라인'을 정했으면 해. 최종 기한을 정하는 순간 비로소 긴장감을 느끼고 실행 가능한 현실적인 계획을 세우게 되니까.

앞으로 살아가면서 마주하게 될 현실에서 너희의 태도는 그 무엇보다 중요한 역할을 하게 될 거야. 너희가 만나는 사람 중에는 '하나를 보면 열을 안다.'라는 옛말처럼 행동 하나하나에 큰 의미를 부여하고 주관적으로 평가하려 들려는 사람도 있을 테니까. 잘하는 99개보다 못하는 1개를 찾아내 그게 너희의 모든 것인 듯 말하려 들 수도 있어. 물론 모든 것을 계획하고 그대로 산다는 것은 정말 어려워. 하지만 삶을 계획해서 살라고 하는 이유는 너희의 삶이 안정적이었으면 해서야. 만약 시험에 나올 문제를 예상할 수 있다면 공부하기가 훨씬 쉬울 것이란 걸 이해할 거야. 계획을 통해 즉흥적이거나 감정적인 것보다 삶을 어느 정도 예상하고 준비할 수 있다면 너희의 미래에 큰 도움이 될 테니까.

"지금 힘겨운 하루가 내일을 살아갈 희망이 된다."

희망이라는 말을 들으면 왠지 좋은 일이 생길 것 같습니다. 비록 지금의 삶이 진흙밭이라도 그 끝에는 푸른 잔디밭이 펼쳐질 것 같으니까요. 모든 것이 불안정한 20대는 어쩌면 진흙밭을 걸어가는 느낌이 들 수 있습니다. 아무리 걸어도 빠져나올 수 없는 블랙홀 같죠.

20대는 생각도 많습니다. 생각으로 빌딩을 지었다가 부수었다 하면서 하루를 보내기도 합니다. 아직 경험해 보지 않은 세계가 많아, 내가 하는 선택이 맞는지 그른지 판단하기도 어렵습니다. 그래서 생각만 많아집니다.

하지만 걱정하지는 마세요. 20대는 원래 그런 때입니다. 병아리가 되기 위해 알을 깨고 나와야 하는 시기입니다. 나를 둘러싼 알을 깨고 나오려면 어떻게 해야 할까요? 아직 단단하지 못한 부리로 알을 깨는 고통을 이겨내야 합니다.

세상에 태어난 순간, 우리는 태어난 환경과 부모를 선택할 수 없습니다. 그냥 주어진 대로 살아가게 됩니다. 내가 아무리 노력해도 주어진 환경은 어찌할 수 없습니다. 그런데, 20대부터는 달라지기 시작합니다. 여러분들이 선택하는 것에 따라 타고난 나쁜 운명이든, 좋은 운명이든 상관없이 내가 원하는 대로 만들어갈 수 있습니다. 그것을 깨닫는 순간부터, 지금 힘겨움이 내일을 살아가는 희망이 될 수 있습니다. 오늘의 불안이 찬란하게 빛나는 미래가 될 수 있습니다. 그러기 위해 내게 주어진 알을 깨가며 당당하게 앞으로 나아가야 합니다.

그게 말처럼 쉽지만은 않습니다. 마음의 근육이 아직 단단하게 형성이 안 될 때라 그렇습니다. 타인의 말 한마디에도 흔들리고, 어떤 것을 선택하며 살아야 할지도 갈피가 잡히지 않습니다. 그럴 때 비슷한 경험치만 있는 또래에게 조언을 구하지 마시고, 그 길을 먼저 경험해 본 선배들의 말에 귀를 기울여보세요.

이미 여러 시행착오를 거치며 아파해보고, 흔들리며 삶의 방향성을 찾아간 그들의 지혜가 도움이 될 것입니다. 어쩌면 여러분이 고민하는 것에 대해 명쾌한 대답을 해줄지도 모르잖아요.

이 책이 불안한 청춘들에게 어두운 바다에서 배들의 길잡이가 되어주는 등대가 될 수 있기를 바랍니다. 저를 비롯한 공저 작가님들의 진심이 여러 분의 마음에 가닿기를요. 이 책을 읽고 흔들리는 삶 속에서 희망의 빛을 발견하시길 간절히 바랍니다.

기획자, 우희경